陈嘉庚（1874—1961），福建省泉州府同安县集美社（今福建省厦门市集美区）人，爱国华侨领袖、企业家、教育家、慈善家、社会活动家。

  1874年10月21日，陈嘉庚在母亲的万千期盼中呱呱坠地，父亲远在南洋，嘉庚从此与母亲过着相依为命的清贫日子。因家里贫穷，陈嘉庚9岁才进私塾学习，读四书五经等书。1891年，挥泪告别亲友，第一次前往新加坡谋生，之后因事归国数次。1903年，陈嘉庚第四次出洋新加坡，兴办实业，苦心经营，发迹南洋。1913年，陈嘉庚回到家乡集美，先后创办了集美小学、集美中学、集美大学和厦门大学。抗日战争爆发后，1937年8月15日，陈嘉庚倾囊捐款，支援祖国抗日战争。

  陈嘉庚一生为辛亥革命、民族教育、抗日战争、解放战争、新中国的建设做出了不朽贡献，曾被毛泽东誉为"华侨旗帜、民族光辉"。他的实践和精神已形成了独特而丰富的"嘉庚精神"——忠公、诚毅、勤俭、创新，激励和感召无数国内民众和海外华侨为祖国富强和民族振兴而矢志奋斗。

在敌寇未退出国土以前公务人员任
何人谈和平条件者当以汉奸国贼论

　　福建新闻社　陈嘉庚

为侨民利益服务

　　毛泽东

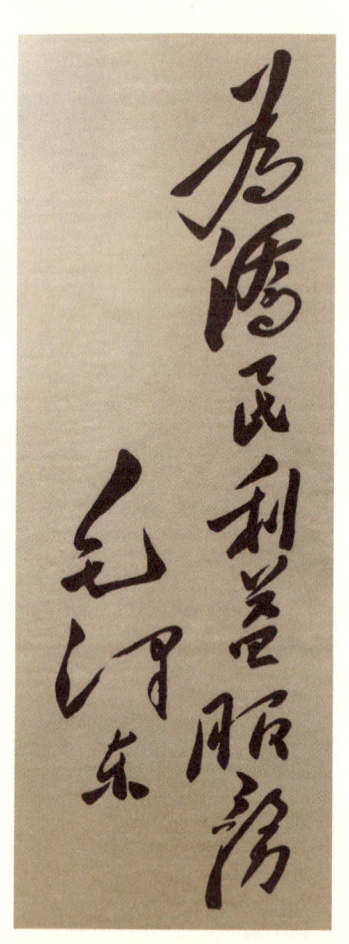

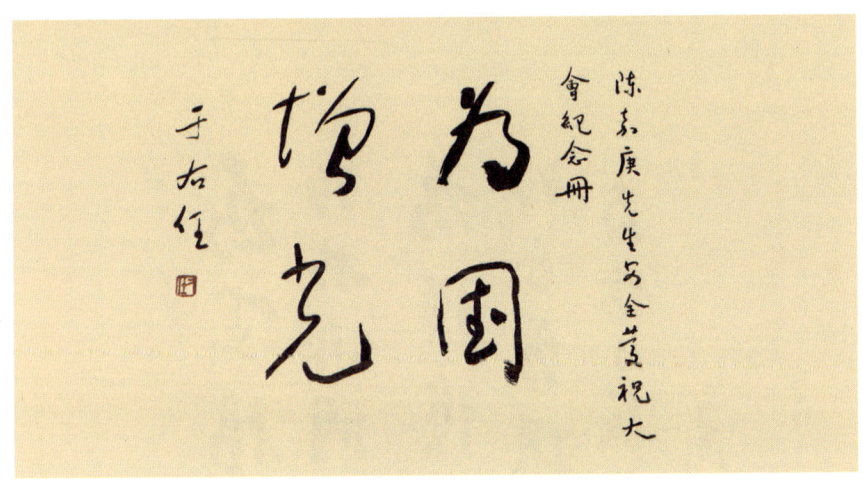

为国增光

陈嘉庚先生安全庆祝大会纪念册
于右任

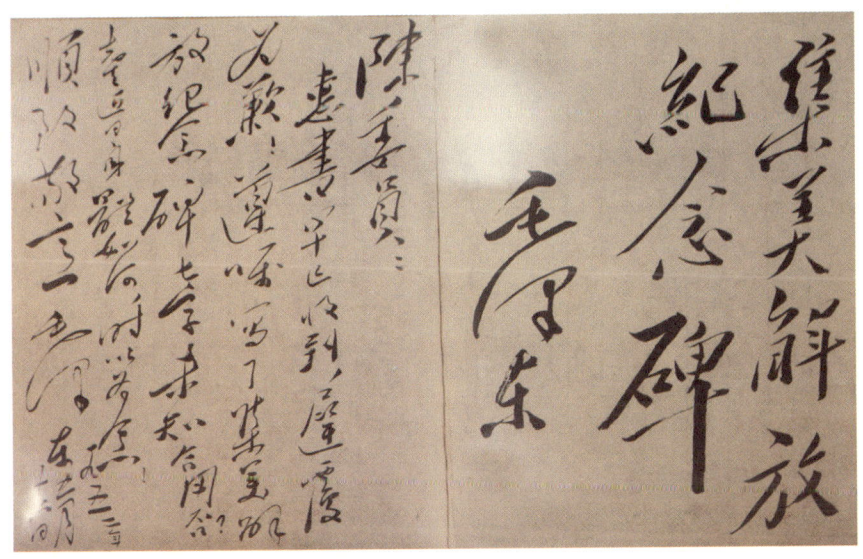

毛泽东应陈嘉庚之邀题写"集美解放纪念碑"并回信

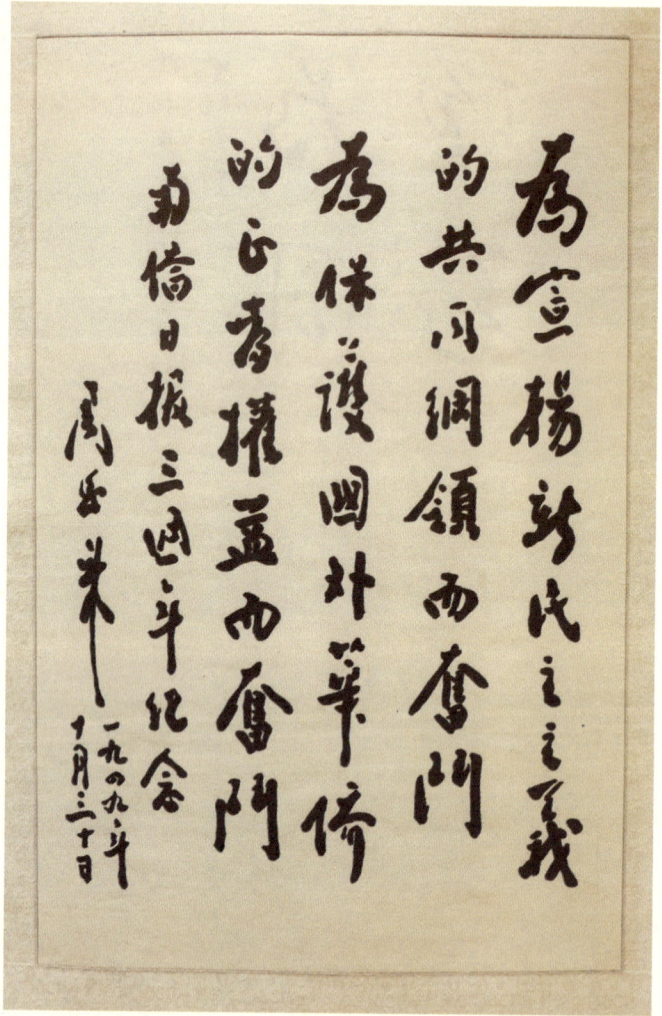

为宣扬新民主主义的共同纲领而奋斗
为保护国外华侨的正当权益而奋斗

《南侨日报》三周年纪念
周恩来 一九四九年十月三十日

少年陈嘉庚

吴尔芬 著

北京联合出版公司
Beijing United Publishing Co.,Ltd.

厦门市文艺发展专项资金资助项目

图书在版编目（CIP）数据

少年陈嘉庚/吴尔芬著. -- 北京：北京联合出版公司, 2022.6
　ISBN 978-7-5596-6185-2

Ⅰ.①少… Ⅱ.①吴… Ⅲ.①传记文学—中国—当代 Ⅳ.①I25

中国版本图书馆CIP数据核字(2022)第072026号

少年陈嘉庚

作　　者：吴尔芬
出 品 人：赵红仕
选题策划：厦门外图凌零图书策划有限公司
责任编辑：徐　鹏
装帧设计：孟　迪

北京联合出版公司出版
（北京市西城区德外大街83号楼9层 100088）
北京联合天畅文化传播公司发行
厦门市竞成印刷有限公司印刷　新华书店经销
字数92千字　787毫米×1092毫米　1/16　10.5印张
2022年6月第1版　2022年6月第1次印刷
ISBN 978-7-5596-6185-2
定价：48.00元

版权所有，侵权必究
未经许可，不得以任何方式复制或抄袭本书部分或全部内容
本书若有质量问题，请与本公司图书销售中心联系调换。
电话：010-65868687　010-64258472-800

目录

I 序一 "嘉庚精神"代代相传 / 何丙仲
V 序二 立志要趁少年时 / 晓玲叮当

001 第一章 集美之光照后人
007 第二章 重逢不易久别离
012 第三章 "一粒谷子"是传人
017 第四章 奔跑嬉戏听讲古
024 第五章 陌生客人找何人
029 第六章 阿爸只是异乡客
035 第七章 言传身教向善心
044 第八章 牛丢只因好读书
050 第九章 先生莫教"念书歌"
054 第十章 巧做文章平风波
060 第十一章 地瓜稀粥度瘟疫
064 第十二章 最美不过家乡美

068	第十三章	明日学成建家乡
073	第十四章	夏种秋收农忙时
078	第十五章	华人过番多苦难
084	第十六章	拜神拜师写春联
088	第十七章	走亲拜神度新年
093	第十八章	知儿莫如慈祥父
097	第十九章	依依难舍道别离
102	第二十章	好看集美扒龙船
108	第二十一章	汀州书商学问多
113	第二十二章	书海无涯勤泛舟
117	第二十三章	捕蟹神器真实用
121	第二十四章	集美花生汀州卖
126	第二十五章	不舍兄弟下南洋
132	第二十六章	先生临终托嘱咐
136	第二十七章	戚戚难舍母子情
141	第二十八章	望别故土泪千行

146 后记

序一

"嘉庚精神"代代相传

何丙仲

苍穹之下，美自各异。聚美之地，自是天时地利人和。今视所至，皆为"集美"之美。

集美，宛如一颗明珠，镶嵌在福建东南沿海，璀璨光华。北倚天马山，三面临海成半岛之势，域内低山、丘陵、台地、平原、滩涂等多种地貌相互倚靠，溪流顺渠入库湖，蜿蜒百转终入湾，汇聚大海而无尽，组成了一幅绝美多元的自然画卷；南望厦门岛；左临漳州"芗城"；右接泉州"鲤城"，是厦门市的几何中心，居厦、漳、泉闽南"金三角"的中心地带。

集美，集国魂之美——"华侨旗帜　民族光辉"，寄赠一人、激励万千。地灵生人杰，天时造国势，幸得嘉庚先生，毕其一生倾其全力，资人资地资国，始成"嘉庚精神"。

所谓伟人，就是谁都知道他崇高却离我们遥远；所谓伟业，就是谁都知道它宏大却感叹自身单薄；所谓伟大的精神,就是谁都知道它至上却骐骥一跃总不及。而有一人,伟人伟业之精神,只管一步一步走下来,足迹竟连缀天堑,化身天际——"陈嘉庚星",行囊中"忠公、诚毅、勤俭、创新"依然安放。

陈嘉庚先生堪称"发了财而肯全部拿出来"的热心教育事业的楷模,他为教育事业倾资、倾心、倾力,在海内外树立了兴办教育的一代新风。从1894年在故乡集美创办"惕斋学塾"算起,陈嘉庚先生一生中兴学的历史长达67年之久,创办和资助的学校多达118所,一生献给文化教育事业的钱,按照当时黄金价格估算,超过一亿美元,在中国教育史上乃"千古一人"。科学家杨振宁先生曾这样赞誉"陈嘉庚先生赤手空拳,在东南亚创造了一个庞大的企业,为了中华民族的教育事业贡献了全部财产,举办从小学到大学一系列学校。我想,在中国历史上,这样努力倾资办学,应该是从陈嘉庚先生开始的"。

陈嘉庚先生在家乡创办的集美学村,规模宏大,设施先进,体系完备,蜚声海内外。他于1921年创办的厦门大学,是国内由华侨创立的第一所大学。为了兴学,他倾尽一生所得之钱财。在企业遭遇困难之时,他甚至不惜变卖产业,向亲友告贷,竭尽所能,千辛万苦,维持办学。"企业可以收盘,学校决不能停办"。在长达半个世纪的兴学岁月里,陈嘉庚先生不管是面对顺境、逆境,无论是身居国内、异邦,也无论自己时值盛年、晚年，都始终如一，殚精竭虑，夙夜忧劳，全力以赴，努力实践着"兴国乃国民天职"的诺言，直至弥留之际还嘱咐"集美学校一定要办下去"。

陈嘉庚先生用身体力行诠释着伟大的"嘉庚精神"，集中反映在爱国主义精神，还体现在重义轻利、公而忘私的奉献精神，诚实守信、疾恶好善的重德精神，刚健果毅、坚忍不拔的自强精神，艰苦朴素、勤勉节俭的清廉精神，与时俱进、革故鼎新的创新精神等六个方面。

陈嘉庚先生是第一个把政治、经济、社会、文化活动集于一身的实践者，华侨史上第一个把东南亚各地华侨团结在一个统一的爱国团体之内的杰出领袖，第一个把华侨利益与祖国命运密切联结在一起的人，第一个长时间、大规模开展倾资兴学的华侨领袖。

陈嘉庚先生一生艰苦创业，一生倾资办学，一生忠贞爱国。陈嘉庚先生17岁离开故乡，赴南洋经商，以优秀的品德、坚毅的个性和开拓进取的精神，艰苦创业，从一个渔村少年成长为东南亚华侨工商巨子。那么，渔村少年是如何成长的呢？《少年陈嘉庚》有精彩的描述。

以"嘉庚精神"铸造独具特色的集美人文名片，特别是"诚以待人、毅以处事"的"诚毅"二字，将竖起城市精神的旗帜。阅读《少年陈嘉庚》，就是要以"嘉庚精神"推动精神文明建设。他的精神永续光辉，他的少年故事必将远播。爱国主义是"嘉庚精神"的核心，爱国是陈嘉庚先生一生恪守的信念，也是他一生的行为准则。"深怀爱国情，坚守报国志"，这句话说起来容易，做起来难。作为新时代的我们，职责和使命就是把这种精神传承下去。

何丙仲

2022 年 1 月

何丙仲，1946 年 1 月出生，著名文史专家，世居厦门鼓浪屿，曾任厦门市博物馆、厦门市郑成功纪念馆副馆长，文博研究员，现为厦门市政协委员、闽南文化研究会副会长、厦门市民间文艺家协会副会长、厦门大学兼职副教授、厦门郑成功研究会副秘书长，著有《厦门碑志汇编》《鼓浪屿公共租界》等。

序二

立志要趁少年时

晓玲叮当

读完《少年陈嘉庚》，那个小时候历尽波折、生活艰难、求学坎坷，又聪明稳重、勤勉上进、为母分忧的阳光少年在我脑中挥之不去。他就是陈嘉庚，从一个渔村少年成长为杰出的实业家、伟大的爱国主义者、毕生热诚为国兴学育才的教育家。我想，这与他的少年成长经历、母亲的言传身教、中国传统文化的熏陶息息相关。

1874年的冬日，陈嘉庚诞生在集美的一个小渔村，父亲远在南洋，小嘉庚从此与母亲过着相依为命的清贫日子。《少年陈嘉庚》描述了小嘉庚少年时期的一幕幕感人镜头，陈嘉庚纯朴善良、聪明好学、勤勉上进、爱护朋友、富有孝心的少年形象跃然纸上。书中并没有华丽的辞藻、精彩的文字，抑或是惊心动魄的故事情节，它用最真挚的笔触，书写了一个富有时代特点的少年成长故事，让人身临其境，引起共鸣。

现如今，我们看到陈嘉庚先生其一生以国家民族利益为先，把一切奉献给国家，公而忘私、忧国忧民、刚正不阿，用其一生践行着对祖国、对人民的热爱。追根溯源，这样的优秀品质不正是少年时期的特别成长经历给予的养分吗？小时候的苦日子，让陈嘉庚先生深知乡亲乃至社会大众的疾苦，对其以后热心公益产生了重要的影响；几度停课学习、艰难寻找教书先生，集美那个小渔村在教育、文化上的落后状态，给小嘉庚留下了非常深刻的印象，这个印象也成为他日后决心办教育改变家乡面貌的最初动力；陈嘉庚先生还深受中国传统孝道的影响，幼时在私塾接受的儒家思想启蒙教育中，最早接触的就是四书五经，儒家的"孝"根植于他的血液中，在家庭生活中也处处体现了一个孝子的情怀；再有便是善良谦逊、平易近人、朴素大方、勤俭持家的母亲，那个在艰苦岁月中，没有丈夫依靠，全凭一己之力养育三个儿女的渔村妇女，她的善良、坚忍、顽强、爱乡爱国的胸怀，在小嘉庚的心里种下了拼搏进取、爱家爱国的种子……

这本书，于父母而言，能读懂言传身教的力量；于青少年而言，可汲取成长的榜样力量，树立远大理想，奋发成才，热爱父母、热爱家乡、热爱祖国、报效祖国！

"少年智则国智，少年富则国富；少年强则国强，少年独立则国独立；少年自由则国自由；少年进步则国进步。"少年，一个青春洋溢的名称、一个朝气蓬勃的名字。少年陈嘉庚的故事若能带给新时代少年一定的思考及向上的力量，那一定是中国传统文化的精神所在——仁、义、礼、智、信，期待青少年细细品读，借此立志，自强不息，这便是对"嘉庚精神"最好的传承！

2022年1月

晓玲叮当，优秀儿童文学作家，已出版《淘皮鼠系列童话》《非常成长书》《小飞仙美德图画书》《奇幻仙踪》《藏在成语里的历史故事》等四十余部作品。作品曾荣获中宣部"五个一工程"图书奖、"中华优秀出版物奖"等，多部作品被改编成动画片和网络游戏，版权输出海外。

晓玲叮当的作品以想象奇特、语言唯美征服了广大读者，孩子们亲切地称她为"魔法姐姐"。

第一章　集美之光照后人

集美位于福建省东南沿海的闽南"金三角"中心地段，现为厦门市的六个行政区之一。集美原本不叫集美，那何来"集美"之名？

历史上，集美曾是同安县的一个小村庄。同安县别称银城，隶属于泉州府，于后晋天福四年（939年）划南安县大同场。同安最大的河流是东溪，由石浔自然村出海，再向南的一段海峡，称浔江。集美位于浔江西岸的末尾、大陆的尽处，因此原先人们称它为"浔尾""尽尾"等。

何时启用"集美"之称呢？具体年月已无从考证。据《同安县志》记载，宋元时期，同安行政区就有"集美乡""集美堡"的叫法，那是官府用语，在民间，百姓仍然叫"浔尾""尽尾"。厦门话中，"浔尾""尽尾"和"集美"发音基本相同，因此可判断，在当年这几种称呼应该共存。1984年，集美社大

▋ 旧时集美复原模型

祖祠大修，祖龛下挖出一方地契砖，也有"集美"的地名和安放时间。安放时间没年号，但记有"癸未年"。大祖祠明清两朝历次大修都不在"癸未年"，以六十年一甲子测算，该地契砖安放时间为元朝癸未年（1343年）。这也佐证，"集美"的称呼在元朝已经开始使用了。

"集美"之称广泛使用，应是明朝时期。20世纪50年代，位于集美的明朝进士陈文瑞[①]的祖父母合葬墓里，曾出土的墓志

[①] 陈文瑞，字应萃，号同凡，集美陈氏第十世孙，1574年出生于集美社二房角，卒于1658年。万历戊午科（1618年，曾经屡试未中的陈文瑞在宗祠扩建后的第二年中举），接着又于天启乙丑年（1625年）高中进士，授为江苏苏州府吴县县令。

砖便记有"集美乡"字样。陈文瑞的祖母叶氏是明代万历七年（1579年）去世的，说明当时民间早已默认"集美"之称。据说，到了明朝天启年间(1621—1627年)，当地村民陈文②告老返乡，将当地统称为"集美"，取"集美"有"聚集吉祥美好、生态祥和之美"之意。集由"隹""木"组合，字义为鸟多而栖于灌木，表现为大自然动植物和谐共处的景象；美，本意是"羊大"，古人把羊视为吉祥物，大羊当然是美的。从此，"集美"之名便从官方到民间，得到大致认可。

而真正让"集美"声名远扬的，则是因为一个人。1912年，出生于集美的爱国华侨陈嘉庚回到家乡，倾资筹办集美小学校，之后陆续创建中学、师范、幼稚园，以及集美水产航海、商科、农林教育等，形成集合各类学校与公共机构的集美学村，并于1921年亲自规划、监造中西合璧式的"嘉庚建筑"，礼聘名师，创办了厦门大学。1937年抗战全面爆发后，陈嘉庚领导"南侨总会"，支援祖国抗战，成为抗日民族统一战线的一面旗帜。直到1945年抗战胜利后，陈嘉庚从避难地返回新加坡。为庆贺他安全脱险，在重庆的集美校友会、厦大校友会、福建同乡会和闽台建设协进会等10个团体，举行了有500多位社会各界知名人士参加的"陈嘉庚安全庆祝大会"。大会由邵力子先生主持，郭

---

② 陈文，字美中，明嘉靖甲子（1564年）科举人，历任福建同安县知县、河南邓州知州、浙江宁波府同知，诰授奉政大夫，崇祀宁波名臣祠。

沫若、黄炎培、柳亚子、陶行知、沈钧儒等都到会了。毛泽东也送来了祝贺的条幅，高度评价陈嘉庚先生为"华侨旗帜，民族光辉"。

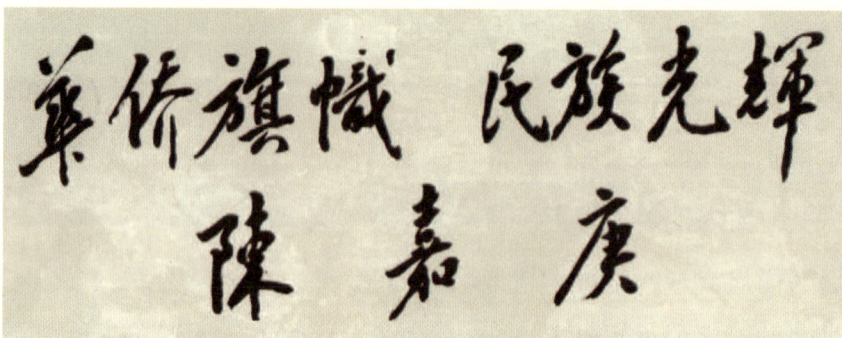

华侨旗帜，民族光辉

新中国成立后，陈嘉庚回国定居，先后任中央人民政府委员、华侨事务委员会委员、华东军政委员会委员、全国侨联主席。1961年8月，陈嘉庚因病在北京逝世，归葬于厦门集美鳌园。

陈嘉庚是一位杰出的实业家，也是一位伟大的爱国主义者，更是一位毕生热诚为国兴学育才的教育家。其一生以国家民族利益为先，把一切奉献给国家，公而忘私、忧国忧民、刚正不阿，正如郭沫若说的："陈嘉庚为什么那么伟大呢？因为他做的事不是为他自己，是为老百姓。"

这位光照日月的华侨领袖，用其一生践行着对祖国、对人民的热爱，其事迹享誉海内外。随着这位伟人的光照，"集美"之名从此驰名海内外。

▌1959年落成的南熏楼，是典型的嘉庚风格建筑代表，也是当时福建第一高楼

▌厦门集美鳌园

第一章 集美之光照后人·

陈嘉庚墓

第二章　重逢不易久别离

陈嘉庚是土生土长的集美人！从其太祖陈素轩开始，就世代耕耘在集美这片热土上。

北宋末年，陈嘉庚的太祖陈素轩，带着太祖妈为躲避中原乱战，迁徙至福建泉州府同安县苎溪上庐开田定居。太祖夫妇只生一子，名陈基，即集美陈氏始祖（陈氏二世祖）。陈基自小虽没有读过书，但格外聪慧，尤其精通地理。少年时，他到十里外的浔尾放养鸭群，看到这地方北枕天马山、东临金门港、西濒杏林湾，居襟带之要，兼海陆之利，聚天地之美，可讨海③，可耕田，内可安居乐业，外可避祸驱难，顿觉是个好地方。长大后，他娶嘉禾岛④林氏为妻，为了便于亲家往来，在征得蔡、曾、陈等几家浔尾原住民长老的同意下，便携眷迁居浔尾，并于元朝至正三

---

③ 讨海：闽南方言，意思是"出海捕鱼"。
④ 嘉禾岛：厦门岛旧称。

年（1343年），在此肇基建房，从此繁衍开枝。到1840年第一次鸦片战争爆发之前，陈氏后代大部分居乡主要集中在集美社岑头、郭厝、内头这三个角落及浔尾的七个角落，十个角落同为颍川陈氏后代。如今，每年正月十五，十个角落共同供奉的开闽圣王王审知挂香出巡，一个角落一面大旗，引领各自的队伍，浩浩荡荡走遍集美社的每个角落，场面好不壮观。还有一支出洋的，主要定居在马来西亚槟榔屿和新加坡等地。

‖ 陈缨杞

陈嘉庚的曾祖父陈时赐，生有陈簪集等兄弟五人。陈簪集即为陈嘉庚祖父，在集美社耕渔自给，育有三子，老三陈缨杞（又名杞柏，字如松）便是陈嘉庚的父亲，为陈素轩第十八世孙。所以，讲到陈嘉庚的少年时代，就得先从陈缨杞说起。

清同治九年（1870年），年少的陈缨杞下南洋投奔族亲，开始在新加坡经营米店，兼营地产及硕莪和黄梨（菠萝）的种植和加工等。1870年，19岁的陈缨杞奉父母之命回到了家乡，与来自孙厝村17岁的孙秀妹完婚，婚后半年又出洋，把孙秀妹一人留在了集美社家中。

嫁工一身脏，

嫁农饿肚肠，

嫁渔遭风险，

嫁侨守空房。⑤

这首闽南童谣，正是对当时闽南妇女命运的真实写照。孙秀妹当然知道其中的辛酸，但迫于生计，她只有忍痛，让丈夫远去南洋，自己忍受着无依靠的煎熬。

一天，远在新加坡的丈夫陈缨杞寄来了一封信和银票，信的内容对孙秀妹充满了歉意，并说半月内就回家团聚。孙秀妹看了信，泪水像决堤的河水奔涌而出，多少委屈夹杂着无限的欢喜交织在心里！从此，她日盼夜盼，盼着丈夫早日回家！甚至晚上做梦都梦到丈夫回家的模样。

这天，孙秀妹正在地里劳作，抬头一看，一个熟悉又陌生的身影正远远向她走来，她恍然一惊，那不正是久别的丈夫吗？她来不及洗去手脚上的泥，就走上田坎迎着丈夫奔去。丈夫也冲着她走了过来。

陈缨杞终于回到阔别三年的家乡，这一次，他一住就是一个

---

⑤ 闽南童谣，大意是：嫁给了工人，因为丈夫在工地干重活累活，回家时全身上下都是脏的；嫁给了农民，因为生计难以维持，每天只能饿肚子；如果是嫁给渔民，得忧心丈夫每次出海会不会遇到风浪；假如是嫁给出了国的侨商，几乎一年到头见不到丈夫，只有独守空房的命了。

冬春。这期间，孙秀妹像是换了一个人，田间的农活再多她都不嫌累，一回来就手脚不停地料理家务。不久，孙秀妹怀了身孕。陈缨杞高兴得终日乐不可支，他生怕累着妻子，帮妻子干起各种杂活来了。

可是时间一久，陈缨杞还是挂念他在南洋的生意。在征求妻子同意后，陈缨杞准备回南洋。离别这一天，孙秀妹早早起了床，给陈缨杞收拾好行装，又去街上买了酒和肉，蒸好蛋，煮了几个简单的菜。夫妇吃过早饭，孙秀妹给丈夫收拾妥当后，送丈夫到了码头。

想着丈夫又要远去，孙秀妹不免泪眼婆娑了。可是，男儿志在四方，她怎么留得住啊！陈缨杞看到妻子流泪，离愁别绪袭上心头，心中像打翻的五味瓶，不知道怎么去安慰心爱的妻子，于是上前轻轻地抱着妻子，用手擦去妻子脸上的泪水，对孙秀妹说："不要难过，我会想念你和孩子的，这次回南洋，我会更尽心力在事业上，争取早日赚到钱，把你和孩子接过去。现在，只能委屈你先照顾好家了！"

听丈夫这么一说，孙秀妹泪水滂沱。许久，她才平静下来，摸着自己隆起的肚子，恋恋不舍地跟丈夫说道："给孩子起个名字吧。"

陈缨杞思考良许，若有所思地答道："要是生个男孩，就叫'嘉庚'。'嘉'代表'真善美'，'庚'代表'要过的日子'，'嘉庚'就是寄望我们陈家的日子一天比一天更好！"

"要是生个女孩呢？"妻子疑惑道。

"要是生个女孩，你自己取个好听的名字就行。"

孙秀妹点点头，眼中泛着泪花。她正思虑中，一声汽笛响起，岸上送别的人挥舞着手臂，他们个个愁肠已断，声泪俱下！

陈缨杞早已转身上了船，这一去，就连他自己都不知道何时能返乡。他强忍着泪水，不敢回头，融入了远去的人流中。

船开了，向无边的大海远去，越来越小。孙秀妹站在码头，心中尽是不舍。她擦拭着眼角的泪水，默默地念着："阿杞，记着我和团仔[6]，一定要早点归来啊！"

---

[6] 记着我和团仔：闽南方言，意思是"记住我和儿子"。团仔，指男孩子。

第三章 "一粒谷子"是传人

一月雨涟涟,
三月清明天,
四月耘田草,
五月扒龙船,
七月做普度,
八月月团圆……

随着时间的流逝,孙秀妹的肚子越来越大了,丈夫不在身边,迫于生计,孙秀妹只好挺着大肚子,下田干活,下海拾贝,日夜劳作。

清同治十三年九月十二日(1874年10月21日),孙秀妹从田里劳作归来,刚走到门口,突然感觉肚子隐隐作痛,她预感到孩子就要出生了。同村的陈二姑从门口经过,知道孙秀妹就要分娩，便赶紧把孙秀妹扶到床上，然后喊来左邻右舍帮忙。有的人去请接生婆，有的人下厨烧水，有的人拉着孙秀妹的手……房间里一下子乱哄哄的。

很快，接生婆赶来了。因为是初次分娩，孙秀妹剧痛难忍，接生婆大声鼓励她使劲。孙秀妹咬牙哭喊，双手死死抓住床栏。随着孙秀妹一声大喊，加上接生婆稳稳地带力，一个小婴儿瞬间出现在接生婆的手里。"呜哇，呜哇！"响亮的哭声一声声传出了屋外。

"是一粒谷子！是一粒谷子！恭喜了！恭喜了！这娃没让母亲太受苦。陈家好福气啊！"接生婆在屋里高兴地大声喊道。

屋外的人听了，更是喜不自禁。

"一粒谷子"代表孙秀妹生的是男孩。当年，集美当地喜欢把男孩叫谷子，把女孩叫麦子。据猜测，应该是"谷子"的闽南发音，与"公子"相近，故用来称呼"男孩"；闽南人天性幽默，也把"谷子"相对的"麦子"，作为女孩的称呼。

小嘉庚来到世间，院子里的喜鹊叫得正欢。

生男孩正是孙秀妹所愿的。听着小嘉庚响亮的啼哭，看着他小手不停地挥舞，孙秀妹早已忘了生育的疼痛，两行幸福的泪水，从她的眼角直接滴落在枕头上。

小嘉庚的出生，的确给陈家带来了福音。其实，刚到新加坡的那些年，陈缨杞的生意经营得十分艰难。收到了长子小嘉庚出

颍川世泽堂，陈嘉庚出生地

生的消息，陈缨杞非常开心，工作更有精神，更加振奋，生意也越来越红火。到19世纪90年代，陈缨杞已经成为新加坡陈氏宗亲社团——保赤宫殿会董，是闽帮的侨领之一。

自从有了小嘉庚，孙秀妹天天喜上眉梢，做什么事都跟吃了蜜似的。她整天围着小嘉庚转，生怕对自己的心肝宝贝照顾不周。白天背着，晚上抱着，总是怕饿着、怕渴着、怕热着、怕冻着。冬天天冷，孙秀妹抱小嘉庚坐在火炉前；夏季天热，孙秀妹不停地为小嘉庚摇扇子；听到小嘉庚哭了，她连忙给孩子喂奶；见小嘉庚困了，她就把他抱在怀中，轻轻拍打，口中还不停地念着好听的闽南童谣：

秀才秀才，

骑马弄弄来，

在马顶，跋落来，

跋一下真厉害，

嘴齿痛，糊下颏，

目睭痛，糊目眉，

腹肚痛，糊肚脐，

嘿！真厉害！⑦

　　闽南人常说，小孩子七坐八爬九发牙。意思是说小孩子长得快，七个月能坐，八个月能爬，九个月就开始长牙了。小嘉庚在孙秀妹的悉心照料下，如雨后春笋茁壮成长起来。转眼间，就到了小嘉庚周岁。这一天，亲戚朋友都来祝贺。按当地的习俗，周岁这天，拿几样代表职业的东西放在小孩面前，小孩抓的哪样，长大了就会从事什么职业，俗称"抓周"。孙秀妹取来笔、锤子、钞票、算盘、玩具枪、剪刀等一堆什物，放在桌上，就把小嘉庚抱上桌。小嘉庚在桌上看了看，迅速伸出左手抓起了钞票，又伸出右手抓起了笔。这下，围观的亲人们都哈哈大笑起来："瞧，这孩子将来一定很会赚钱，而且还很会读书啊！"孙秀妹

---

⑦ 闽南民谣，大意是：读书的秀才，习文还行，习武就不行了。不信看看，想骑马试试，结果从马背上摔了下来。这一下，可摔得厉害了！赶紧找来中草药，牙齿摔疼了，就糊在下巴上；眼睛摔疼了，就糊在眉毛上；肚子摔疼了，就糊在肚脐眼上。嘿，你说，他是真厉害还是假厉害？

一看，也乐得眉开眼笑。

小嘉庚长着圆圆的小脸，一双黑乎乎的眼睛很有神，格外惹人喜爱，但他不爱笑闹，小眼睛看到什么都好像充满了好奇，都伸出手要去摸。三岁时[8]，小嘉庚已经学会了走路，却不说话。孙秀妹有意教小嘉庚说话，小嘉庚却只拿眼睛看她，嘴巴始终不打开，这让孙秀妹备感忧心。难道小嘉庚天生不会说话，长大了要成为哑巴吗？这件事如悬在孙秀妹心头的石头，总让她无法放下。

有一次，孙秀妹要做饭，发现锅铲不见了，怎么找也找不见，于是着急地四处寻找，并问小嘉庚有没有看见。小嘉庚眼睛一眨，转身走进房间，不一会儿就"啊啊"叫着拿了锅铲出来。孙秀妹大喜，心头的石头终于放下了。小嘉庚能听懂她说的话，也能发音，只是学会说话比较慢而已。

果然，到了小嘉庚四岁时，他已经开口说话了。不过，他说话总是不紧不慢，掷地有声，每句话似乎都经过深思熟虑才说的。从小嘉庚说话的态势可以看出，其成年后的沉稳性格，已初现端倪了。

---

[8] 闽南人计算孩子年龄，皆以虚岁，出生即为一岁，过春节再长一岁。比如，除夕夜出生的孩子，第二天也是算两岁。

第四章　奔跑嬉戏听讲古

生活上，孙秀妹对小嘉庚呵护有加；学习上，孙秀妹对嘉庚更是教导有方：一方面，她身体力行，每次下地干活，她都带着小嘉庚，让小嘉庚理解大人的辛苦，从小懂得生活来之不易；另一方面，她充当起小嘉庚的良师益友，循循善诱，教育小嘉庚读书识字。

转眼间，到了六七岁时，小嘉庚就已经长得一身结实的身架骨。那些年，虽然陈缨杞的生意有些起色，但生意经营总有浮沉，他也需要积累一些资本，所以往家里寄的侨批⑨时有中断。童年时期的陈嘉庚，生活过得很艰苦，衣食堪忧。

尽管时序入冬，天气转冷，小嘉庚也只能穿着薄薄秋衣，常

---

⑨ 侨批：专指海外华侨通过海内外民间机构汇寄至国内的汇款，暨家书，是一种信、汇合一的特殊邮件载体，广泛分布在福建、广东、海南等地。闽南方言把信读为"批"，闽南华侨与家乡的书信往来便叫"侨批"，也称"番批""银信"等。

常冻得瑟瑟发抖。孙秀妹看在眼里，怜在心头。那一年冬天天气更冷了，孙秀妹从旧橱里搜寻，终于找出一件补了很多补丁的破棉袄，洗干净晒干后，对小嘉庚说："阿庚，我们家穷，买不起新冬服，这件棉袄还是你爷爷穿的，现在天冷了，你就将就穿这衣服吧。"小嘉庚穿上旧棉袄，虽然很不合身，但感觉身上非常温暖，心里也是非常温暖。

为了家里不至于断粮，孙秀妹在自家田地种了很多地瓜，当家里缺米时，可以少放米、多放一些地瓜丝来煮粥吃，甚至有时候米都没有了，她就将就蒸一锅地瓜充饥。在小嘉庚的记忆里，刚蒸好的地瓜特别甜，那味道可以顺着舌头，一直甜到胃里。夏天的记忆是深刻的，在地瓜田里，母亲干活，他玩沙子、跳沟渠、玩弹珠，一个人玩得不亦乐乎。让年少的陈嘉庚忘不了的，莫过于炎炎夏日，母亲在地瓜田里拔地瓜拔得大汗淋漓的样子。

说起夏天，还有更有趣的事，那就是一到晚上，村民们吃完晚饭就会陆续聚集在村头的大榕树下谈天说地。因为天气热，村里的男人们有的光着上身，有的敞开衣裳扇着扇子，有的喝着茶，有的抽着烟；妇女们则喜欢坐着矮凳，有的忙针线，有的织鱼网；孩子们则会在榕树下奔跑嬉戏，累了就坐在大人的旁边；他们都喜欢听村里一个叫海伯公的老人讲些街头巷尾、古今中外各种有趣的故事。海伯公通文墨，读过许多古书，每次他讲起古来，整个榕树下瞬间就安静了。

一有空闲，孙秀妹也会带着小嘉庚到榕树下，听海伯公讲几段古、说几段书。在这里，小嘉庚听到了许多有趣的民间传说和故事，幼小的心灵受到很大启发。这一日，海伯公又讲起了《勇敢的饭丸子》的故事：

从前，有一条山谷叫东溪谷。东溪谷长满了水稻，稻草人站在梯田的上方，守望丰收和希望。

后来，麻雀、老鼠、蝗虫，这些稻子的天敌来了，再后来，蛇、青蛙、野鸭子，这些天敌的敌人也来了。它们天天战斗，打得你死我活。稻草人被它们啄得只剩下木棍骨架，水稻眼看就要糟蹋光了。

没了粮食，人们就要饿肚子。为此，公正爹来到东溪谷主持公正：以浮江为界，左岸让杂草和动物安家，右岸是水稻的家园。

有了和平的环境，稻草人生下米饭、米粉、米冻、饭丸子四个孩子，他们快乐成长、欢喜生活。

这天，一阵狂风把稻草妈妈刮到左岸，孩子们知道稻草妈妈很快就会被动物啄光。妈妈太危险了，孩子们都想过河救妈妈，可是他们过去就会被动物吃光。三个哥哥只能在河边等狂风转变方向，把稻草妈妈吹回来。

小弟弟饭丸子最勇敢，趁大家睡着的半夜跳进浮江游到对岸，想要救出妈妈。饭丸子本来就个子小，被河

水冲击就变得更软更小了。饭丸子躺在河边晒太阳，要把自己晒硬了，免得被动物吃掉。这时跑过来一只逃命的青蛙，它告诉饭丸子，蛇要吃它。就在这时，飞过来一个稻草人，把蛇插死了。

饭丸子吓了一跳，原来这个稻草人便是稻草妈妈。稻草妈妈插在蛇身上，饭丸子和青蛙一起用力，都不能把她拔出来。黄牛最有力气，青蛙建议请黄牛帮忙；但黄牛吃稻草，饭丸子担心黄牛把妈妈吃掉。于是，他们决定去找山羊帮忙，因为山羊只吃嫩草，不吃稻草。

找山羊要经过一条很窄很深的石缝，一只雏鹰夹在石缝中，挡住了去路。饭丸子见状，扯来一根绳子系在雏鹰身上，自己则骑上青蛙背，青蛙使劲一跳，将雏鹰拉出石缝。饭丸子又把绳子的另一头交给老鹰，老鹰很感谢饭丸子，拎起自己的孩子飞走了。青蛙和饭丸子找到了山羊，青蛙承诺，山羊帮忙后，一定请它吃一顿嫩草。

饭丸子和青蛙爬到山羊背上，很快就回到稻草妈妈身边。山羊果然有力气，不但拔出稻草妈妈，还帮她加插一根棍子，让她拥有两条腿，方便走路。山羊完成任务，青蛙兑现承诺，带山羊去吃嫩草。可是稻草妈妈以前都是插在原地不动的，从没走过路，饭丸子只能守在妈妈身边。

一群麻雀发现了躺着的稻草妈妈，不但嘲笑她，还在她身上跳跃、大小便。饭丸子很生气，与麻雀展开搏斗。

这时，横冲过来一条蛇哥哥。蛇哥哥说稻草妈妈杀死了它弟弟，要吃了饭丸子为弟弟报仇。稻草妈妈让饭丸子从自己身上抽出两根稻草，缠住身子，可以加持妈妈的力量。饭丸子有稻草缠身，跑得飞快，蛇哥哥在后面飞快地追。

饭丸子见到山羊在吃嫩草，露出一个溶洞，就冲进溶洞，把蛇哥哥引了进去。溶洞里是青蛙王国，蛇哥哥放弃饭丸子，要吃青蛙。饭丸子这下才明白，嫩草是用来掩护溶洞的，青蛙让山羊吃了嫩草，就等于暴露了溶洞。蛇哥哥要吃青蛙了，这可怎么办？

饭丸子主动跳进蛇哥哥的大嘴。身上缠了稻草，饭丸子又粗又硬，蛇哥哥吞不下他。这时，青蛙手持木棍也跳进蛇哥哥的大嘴，与饭丸子一起努力，将木棍撑住，使蛇哥哥的嘴无法合拢，不能吞吃其他青蛙。

山羊看到青蛙王国的搏斗，停止吃嫩草，帮忙把蛇哥哥拖出溶洞，堵住洞口，不让别的蛇进来。这时来了黄牛，它比山羊力气大，山羊赶不走它。

饭丸子告诉黄牛，这里的嫩草太少，他可以带黄牛去一个有很多嫩草的地方，让它吃个够。饭丸子骑在黄牛背上，安全地回到稻草妈妈身边。可这里都是荆棘，没有嫩草，黄牛很生气，要吃稻草妈妈。稻草妈妈抱起

饭丸子就跑,但她没有心脏,跑不快,眼看黄牛就要追上来。饭丸子急中生智,钻进稻草妈妈的怀里,当她的心脏,因为他本来就是妈妈的心肝宝贝。有了心脏,稻草妈妈果然跑得更快,甩掉了黄牛。

浔江横在稻草妈妈面前,她可不会游泳。眼看黄牛就要咬过来,天上的老鹰一个俯冲,抓住稻草妈妈,将她提到浔江右岸。

这时,饭丸子的三个哥哥都等在岸边,盼望稻草妈妈归来。他们惊奇地发现,稻草妈妈不但有了两条腿,而且还能跑。稻草妈妈告诉孩子们,正是饭丸子的勇敢给了她力量。

听了《勇敢的饭丸子》的故事,小嘉庚心想,自己是阿母[10]一手抚养带大的,阿母成年累月不知疲倦地干着农活,到海滩拾贝挖螺挖海蛎,供养着贫穷的家庭。饭丸子那么弱小都要渡江救母亲,自己更要从小就吃苦耐劳、学会干活,为阿母分担劳动。

第二天吃早饭时,小嘉庚突然对孙秀妹说:"阿母,你带我去干活吧。"

孙秀妹感到非常吃惊,她看了看小嘉庚,诧异地问道:"你还小,怎么会干活呢?等你长大了,才能帮阿母干活啊。"

小嘉庚说:"饭团子虽然弱小,但能勇敢地渡江救妈妈。我

---

[10] 阿母:闽南方言,孩子对母亲的称呼。

已经七岁了，我要学会干活，不能让阿母这么辛苦了。"

孙秀妹听了，感动得眼角都湿润了，她感觉到孩子真的长大了。从这一天起，小嘉庚便成了阿母鞍前马后的小能手，即使手磨破了、脚起泡了、皮划破了，他也从不说一个"累"字。

第四章 奔跑嬉戏听讲古

第五章　陌生客人找何人

清朝光绪八年（1882年），陈嘉庚已经九岁，和他同龄的孩子早已进私塾读书了。小嘉庚因为家里贫穷，还没有入学。小嘉庚的心里特别希望自己也能像其他同龄人一样去私塾读书。可是，每当看到母亲劳碌的样子，他就只能把这个想法藏在心底。

孙秀妹看在眼里，痛在心头。她怎么不知道小嘉庚的心事呢？每次看到小嘉庚的同龄人从家门走过前去私塾，她的心就如刀绞般疼痛，可是，她实在是凑不出给孩子上私塾的钱啊！

"阿母，我不想读书，我喜欢干活，等长大一点我再去读书不迟。"每每看到母亲忧愁的脸，小嘉庚就掩盖着心中的忧伤，善解人意地安慰着母亲。

孙秀妹听了儿子的话，心中又爱又愧。爱的是，嘉庚小小年纪就这么懂事；愧的是，自己没能力供儿子读书。她不禁悲从中来，眼泪忍不住哗哗流淌。

小嘉庚看母亲哭了，更是心疼，连忙伸手拭去母亲眼角的泪水，装成大人的样子，坚定地说："阿母不哭！我真心不想读书，我最喜欢和阿母一起干活！"

孙秀妹一听，更是伤心，她一把将儿子抱在怀里，眼泪更是止不住了："好孩子，阿母对不起你啊！"

第二天，孙秀妹早早就去了私塾先生家。她草拟了一份家书，央求私塾先生帮其润色润色，再转寄出去。信刚寄出的几天，孙秀妹的心里就如同几只小兔子在蹦蹦跳跳。丈夫离开九个年头了，多少日夜的思念啊！随着生活的劳碌，她已把给丈夫寄批的事情逐渐忘记了。是啊，生活总要继续！

这是一个夏日的午后，小嘉庚正在门口挑拣从地里拔回的豆子。突然，一个穿着整齐、戴着礼帽的壮年人从远处向自己家走来。他觉得很奇怪，就停下手中的活，紧紧盯着那人看。没想那人也不拐弯，径直走了过来，近了，也紧紧地盯着小嘉庚打量。

"你找谁？"小嘉庚有些疑惑，又有些紧张。

"你是嘉庚吧？"那人上下端详着小嘉庚，眼神深邃，把小嘉庚看得快燃烧起来。许久，小嘉庚露出浅浅的微笑，点着头，问道："你是谁？"

小嘉庚有些害怕，说话声音带着嘶哑。

"阿庚啊，安怎了[11]？"在屋里忙活的孙秀妹，感觉小嘉庚

---

[11] 安怎了：闽南方言，意思是"发生什么事了"。

的声音有些异常，就边忙边大声问道。

"阿母，没啥啦，只是外面来了一个奇怪人。"小嘉庚见来人没有离开的意思，就对着屋里回道。

"奇怪人？"孙秀妹是刚从地里回到家不久，一身的劳作衣服脏兮兮的，农家人整日里都要劳作，没到夜晚也不会换洗。她不知道来人是谁，就似平常一般缓缓从屋里走了出来，边走嘴里边念叨着："什么奇怪人？"待她走到门口，一抬头，整个人忽然怔住了。

"我……我是……缨杞……"那人显得很紧张，说话都断断续续的。

孙秀妹一转，门忽然关上了。

小嘉庚不知道发生了什么事，连忙起身去敲门，边敲边大声喊道："阿母！阿母！阿母！"

许久，门开了。孙秀妹走了出来，两眼的热泪早已如决堤之河，奔涌不止。她已经脱掉脏衣服，披了一件干净的旧外套；她原本凌乱的发髻，也理顺了；她没有擦拭泪水，却在悲伤的脸上堆砌出欣喜的笑容："阿杞……你回来了……赶紧回屋坐……阿庚啊，这是你阿爸……赶紧叫你阿爸……"孙秀妹有些语无伦次，但掩盖不住内心的幸福。

"阿爸——"小嘉庚惊讶地叫了声，就随父亲进了屋。

孙秀妹有些手忙脚乱，她不小心把几个物什都撞掉了，又忙着弯腰捡。九年了,她盼望了多少个日夜的丈夫,终于回来了,这让她的心绪如何能平稳下来?见久别的妻子如此慌乱,陈缨杞又惊喜又愧疚,他忙拉住孙秀妹的手,示意她坐下。孙秀妹有些羞涩,在陈缨杞的示意下,才怯怯地坐在丈夫的身边。此时,小嘉庚还没完全明白过来,他远远地站着,盯着眼前这个他要叫"阿爸"的男人,脑袋里却挤不出半点记忆……

"你寄的批我收着了,我不在的这些年,让你们娘儿俩受苦了,实在是对不起你们!恰好,这段日子那边的生意开始走上正轨,我也能抽出时间回来看看你们娘儿俩,没想到,阿庚已经这大汉⑫啊!"说完,他的眼眶也湿润了。

孙秀妹的眼泪继续在眼眶里转,她带着哭腔说道:"回来就好!回来就好!"说完,忙转身走进屋里,倒腾了一会儿后,她又对小嘉庚喊道:"阿庚啊,赶紧来跟你阿爸说说话……不要站那么远……我……我先去摘点菜,再买点肉。你阿爸刚回来,我得赶紧弄一顿好吃的,让你阿爸下酒……"话刚走完,就走出家门了。

小嘉庚还是不敢靠近,任凭陈缨杞怎么招呼,他都远远地站着。看着小嘉庚这样,陈缨杞心中五味杂陈。于是,他也不强求了。就这样,父子都不说话了,一个站着,一个坐着,气氛显得有些凝重,但不沉闷,因为有一种亲情,在逐渐萌芽、散枝、开

---

⑫ 这大汉:闽南方言,意思是"长这么大了"。

花、结果……

　　这一晚,孙秀妹准备了一桌丰盛的饭菜,还给刚回来的丈夫打了一壶酒。一家三口,九年来第一次团圆了,能够坐在一起吃饭。席间,陈缨杞从包袱里取出好多白银交到孙秀妹手上。孙秀妹手上沉甸甸的,心里也是沉甸甸的。

　　这一夜,这一家三口都早早就寝了。小嘉庚在自己的床上翻来覆去好久,直到夜深了,才迷迷糊糊地进入梦乡!

第六章　阿爸只是异乡客

第二天天刚蒙蒙亮，小嘉庚就听到父亲在唤他，他连忙起了床。吃早餐的时候，母亲已经去田间干活了，这个陌生的父亲让他很拘谨，他不敢抬眼看父亲，就连吃饭也是小心翼翼的。此时，屋里的气氛似乎有些凝滞了。

"慢慢吃，吃完我带你去一个地方。"陈缨杞首先打破了沉默。

"嗯！"小嘉庚应着，声音低得只有自己听得见。

吃完早餐，陈缨杞起身往屋外走，小嘉庚在其身后保持一米的位置尾随着。他不敢太靠前，但也怕掉队，所以显得很紧张。路过田间，他看见经常一起嬉戏的几个小孩，牵着牛往前赶，但这次他不敢打招呼；他看见扛锄头在田间劳作的农人，一会儿弯腰查看庄稼，一会儿在田里放水灌溉；他看见提着小桶的几个姑娘，正要一起去村外的小河洗衣裳，她们一路说笑着；还有几个老人，正提着粪箕在野外捡粪；迎面而来的一个妇女，正挑着尿桶去菜地，未待她靠近，那浓郁的尿骚味就熏得他快喘不过气，要是以往他肯定捏着鼻子走开了……

今天，小嘉庚一路没有言语，只是默默尾随着，而且永远保持着在父亲身后一米的位置。

"到了！"穿过了几条田间小路，陈缨杞终于停下脚步，"这是陈寅老先生教学的私塾学堂，以后，你就来这里念书吧。"

小嘉庚听了，心中甚是欢喜，读书可是他日思夜盼的事情。多少个夜晚，他连做梦都在学堂里，只是因为看着母亲每日劳累，他才把这个心思深深掩藏心底。此时，小嘉庚心中满是欢喜，他第一次抬头看了一眼父亲，瞬间觉得父亲的形象高大了很多。

其实，陈缨杞此次回来，不仅是为了看望久别的妻儿，更重要的是解决陈嘉庚上学的事。陈缨杞不免感叹光阴如梭，要不是看到妻子的批，他都不记得陈嘉庚已经九岁了。有条件人家的孩子，七八岁就上私塾，按理说，陈缨杞把小嘉庚的学费寄侨批回来即可，可是，他想，他已经错过了孩子九年的成长，若再不回乡，可能不但妻子忘了他，就连他的孩子都不认识他了。

如今，看着小嘉庚远远躲着他的情形，陈缨杞心中满是愧疚。他明白，此次回乡，也许是这一生中他做出的最好的决定。

陈缨杞思绪万千，他早已帮小嘉庚交了费用，前来私塾的目的就是交代陈寅老先生多多照顾，毕竟小嘉庚上学晚。陈寅老先生也不是很善于教学，但村里只有这样一位知书识礼的文化人，大家只能凑点钱，请这位老先生来教书了。那时候，村里能上得起私塾的孩子也就十几个。

▎陈嘉庚幼年入读的南轩私塾

"陈老先生，我家嘉庚以后就交给您了！"陈缨杞领着小嘉庚，拜会了陈寅老先生，并向其说明了来意。陈寅老先生仔细端详了陈嘉庚一番，见他长得一表人才，双目炯炯有神，神情沉静稳重，很是喜欢，便爽快地答应了。

自此以后，陈嘉庚不但用功读书，而且善于动脑筋。陈寅老先生刚教完《三字经》《论语》等启蒙书，第二天，小嘉庚来学堂时就能背得滚瓜烂熟。

子曰："默而识之，学而不厌，诲人不倦，何有于我哉？"

子曰："德之不修，学之不讲，闻义不能徙，不善不能改，是吾忧也。"

子曰："饭疏食饮水，曲肱而枕之，乐亦在其中矣。不义而富且贵，于我如浮云。"

叶公问孔子于子路，子路不对。子曰："女奚不曰，其为人也，发愤忘食，乐以忘忧，不知老之将至云尔。"

……

后来，每逢上课前，陈寅老先生就让小嘉庚背诵几句"之乎者也"，以此督促其他孩子努力学习。对这些生涩的古文，孩子们总是一知半解，知其然不知其所以然。陈寅老夫子并不管这些，他只管让孩子们死记硬背，却从来不讲解，所以，孩子们读书总是拉长声音，摇头晃脑，戏称先生教大家的是念书歌。

不过，这段日子是小嘉庚最开心的日子，因为放学后，他就可以回到家，和爸爸妈妈一起吃饭了。缺失了九年的父爱，虽然让小嘉庚有些陌生，但毕竟血肉亲情，小嘉庚对父亲的情感与日俱增。

时间过得很快，陈缨杞回乡已经月余。一日，恰逢陈寅老先生外出，让孩子们在家休息。于是，这一日清早，吃完早餐的小嘉庚，便和父母一起去地里干活。也许是因为夏秋之际，天气闷燥，一家三口没干多久，就已经大汗淋漓了。孙秀妹招呼大家喝口水休息，可是，不知道发生了什么，陈缨杞却没有停下来的意思，他仍一锄又一锄地狠挖着地，像牛一般，硕大的汗珠从他的额头哗哗落地，钻进土里，他的衣服早已湿漉漉地贴在身上……孙秀妹感觉不对，她冲上前，夺过陈缨杞的锄头，眼睛怔怔地看着异常的丈夫，似乎感觉到了什么……

"秀妹，我得……"陈缨杞的眼泪在他眼珠里骨碌碌转了几圈，就滚了下来，他欲言又止。

孙秀妹似乎明白了，泪水也止不住了。

"新加坡那边……生意歇不住，我得……赶紧回去……"回乡的这个把月，陈缨杞的心里总悬着，直到前几天，他收到新加坡带回的消息，让他速速返回。可是，这个把月的时间里，他已经和小嘉庚逐渐建立感情了，他心里是一万个舍不得，他心里痛啊。

"什么时候动身？"孙秀妹关切地问。这些年，她似乎对丈夫的辞别已经习惯，忙擦拭掉眼泪，佯装平静。

"我想，明天就走！"说这话的时候，陈缨杞回头看了一眼身后的小嘉庚，眼泪再次热滚滚地夺眶而出。

小嘉庚还是远远地站着，只是，他的眼眶早已湿润了。

这一日，天气显得特别闷燥，劳作完回家的一家三口，也没有说话，整个屋里似乎弥漫着一股悲伤。那一晚的晚餐，是小嘉庚一辈子吃过的最无味的晚餐，他都回忆不起，那一晚他是怎么熬过的。

第二天，天刚亮，他早早起床，就看到母亲在收拾行李，桌上早已经摆着一桌冒着热气的肉菜。餐毕，陈缨杞起身，拿起行李走出家门。孙秀妹送到门口，腿就有些软了，她倚靠在门框上，眼睛早就湿润了。

"阿杞，记着我和孩子，有闲得归来啊！"孙秀妹的喉咙有些沙哑，声音很虚弱，虚弱得似乎只有她自己听得见。

"阿爸！"忽然，一声划破天际的喊叫，震撼了原本宁静的乡村。此时，只见小嘉庚站在门口，弯着腰，押长脖子，大声地喊着："阿爸！"

陈缨杞先是一震，之后转过身来，像箭一般冲向小嘉庚，一把就把小嘉庚紧紧地抱在怀里。"可怜阿爸只是异乡客，再也做不回故乡人！"

此时，父子俩哭成一团……

第七章　言传身教向善心

夏走秋凉,秋去冬来。自陈缨杞返回新加坡后,孙秀妹和小嘉庚这一家的日子,逐渐恢复了平静。

然而,时局可不平静。1882年12月19日,一艘德国军舰开进厦门港,约300名全副武装的德国士兵强行登陆,手持步枪冲进厦门厘捐局[13]。原来,1881年,因德商在厦门设立铁锅制造厂,争夺华商的利益,引起当地人民的强烈反对。11月20日,厦门厘捐局为了保护华商利益,扣留了德商的一些铁锅,德商立即报告了德国驻厦门领事和驻华公使巴兰德。巴兰德把这事报告了德国政府,因此引来了这场冲突,德军的行为也惊动了清朝政府。可是,德国人强硬的态度让清朝政府更加害怕,只好要求厦

---

[13] 厘捐,或称"厘金税",是清政府对通过国内水陆要道的货物设立关卡征收的一种捐税。厘捐局,又称厘金局,相当于现在的税务局,是清政府于各省设立的征收上述捐税的机构。

门厘捐局交出当时被扣留的铁锅。这件事在厦门民众中传得沸沸扬扬，家喻户晓，也让民众深刻体会到，面对外敌入侵，腐败无能的清朝政府只能挨打。

德军入侵的事情也传到刚刚接受启蒙教育、时年九岁的陈嘉庚耳朵里，引起他对国家和民族的思考。一天，私塾的陈寅老先生又外出了，小嘉庚不用上学，便坐在院子里帮妈妈剥花生，剥着剥着，小嘉庚忽然有点不着边际地问了起来："阿母，啥是德国，德国在哪里呀？"

这一问，让孙秀妹吓了一跳。她知道，德军入侵的事情虽然传遍了大街小巷，但孩子那么小，怎么会关心这样的话题？不过，她想了想，又瞅了瞅小嘉庚，忽然感觉眼前的这个小男孩已经长大了！于是，她耐心地回道："德国远在天边，是另外的一个国家，除了我们大清国，世界上还有很多国家呢。你阿爸去的地方，也是其他国家啊。"

小嘉庚又问："那为什么德国人不在自己的国家，却跑来我们国家呀？"

孙秀妹说："他们来我们这里办工厂，可以赚到钱，对他们不是更好吗？"

小嘉庚想了想，接着问："那我们为什么要扣留人家的铁锅呢？"

孙秀妹说："他们抢了我们的生意呗。"

嘉庚似懂非懂地点点头，过了一会儿又问："他们的军队开到我们的土地上，我们的军队为什么不敢打他们呢？"

这可把孙秀妹问住了，她一个妇道人家，怎么回答得了这么高深的问题呢？但孩子的提问让她感到很欣慰，孩子真的长大了，也善于思考了。既然解释不清楚，她只好岔开话题，说："好孩子，你以后要知道的事情多着呢！以后你多读书就知道了！这样吧，刚好明天你不用上学，阿母也不去地里干活了，就带你去鼓浪屿走走，怎么样？"

听到母亲要带自己出去玩，小嘉庚兴奋得手舞足蹈，连声叫起来："好啊好啊！"

他们去鼓浪屿可不是一件易事，得走几十里路的官道和村道。但孙秀妹也不是随口说说，平日里，她敬祖拜佛，把"持家""教子"当成生活的全部，在自家的大厅神龛两边，她请人镌刻了一副楹联："教子读书无致临时搁笔，治家勤俭勿使开口告人。"楹联内容浅显易懂，而"教子读书"与"治家勤俭"此后也被陈氏后人奉为家训，恪守之、践行之。她想，孩子长大了，有自己的思维方式了，也该带孩子出去走走，开阔视野，有朝一日，他也可能随父远走他乡，因此，她一定要让孩子尽早记住家乡的一草一木，记住家乡的人文地理，记住家乡之美，将来，倘若功成名就，他能懂得回来报答家乡的养育之恩，这才叫不忘本啊！

第二天天还没亮，孙秀妹带了些干粮和水，领着小嘉庚出发了。孙秀妹虽是妇道人家，可是她未出嫁前也是大家闺秀，因此，对厦门的历史也略懂一些。于是，一路前行，孙秀妹也一路耐心讲解："阿庚啊，你知道吗？我们要去的鼓浪屿，有一位人称'国姓爷'的将领，叫郑成功[14]，他曾率军横渡台湾海峡，打败荷兰人，收复了台湾，他的水师就曾在鼓浪屿、我们集美操练。对了，你小时候跟小伙伴常在延平故垒玩，那也是郑成功当年操练水师的地方啊！"

"我还喝过国姓爷挖的井水呢！"

娘儿俩就这样一路畅谈，一路欢笑。直到日上树梢，他们才来到海沧的青礁慈济宫。本就敬祖礼佛的孙秀妹，赶紧领着小嘉庚入宫内跪拜。

见母亲虔诚的样子，小嘉庚忍不住问道："阿母，这是哪一路神仙？"

孙秀妹告诫小嘉庚："对神明，必须要敬重。这一位神明可

---

[14] 郑成功（1624—1662），原名福松、森，号大木，是我国明末清初著名的民族英雄，福建南安县石井村人。弘光时监生，因蒙隆武帝赐明朝国姓"朱"，赐名成功，并封忠孝伯，世称"郑赐姓""郑国姓""国姓爷"，又因蒙永历帝封延平王，称"郑延平"。清顺治二年（1645年）清军攻入江南，不久其父郑芝龙降清，田川氏在乱军中自尽；郑成功率领父亲旧部在中国东南沿海抗清，成为南明后期主要军事力量之一，一度由海路突袭、包围清江宁府（原明朝南京），但终遭清军击退，只能凭借海战优势固守泉州府的海岛厦门、金门。清顺治十八年（1661年）率军横渡台湾海峡，翌年击败荷兰东印度公司在台湾大员（今台湾台南市境内）的驻军，收复台湾，开启郑氏在台湾的统治。

|| 青礁慈济宫

★ 青礁慈济宫,又称东宫,位于厦门市海沧区,四周地域辽阔,景色秀丽。该宫始建于南宋绍兴二十一年(1151年),为纪念保生大帝——吴本而建。1996年被国务院公布为全国重点文物保护单位。

保生大帝像

★ 保生大帝也叫大道公、吴真君，原名吴夲（979—1036），是福建一位技艺高明的医生。生前为济世良医，医术高明，医德高尚，闻名遐迩，受其恩惠者无数，著有《吴夲本草》一书。民间称其为吴真人，尊为"神医"。去世后被朝廷追封为大道真人、保生大帝，乡民建庙奉祀尊为"医神"。

不得了，他在世时，医术高明，救死扶伤，泉州府、漳州府的百姓没有不敬重他的。他去世后，被朝廷追封为大道真人、保生大帝，我们祖祖辈辈都称他为吴真人，是公认的神医……"

小嘉庚感到很意外："啊，他是真的人，不是神仙？"

孙秀妹意味深长地感叹道："为百姓做好事的人，都是活神仙。"说完，她连忙双手合拢放在胸前，拜一拜，叩一次头，拜了三拜，叩了三次头。

小嘉庚见状，也安静了下来，学着母亲的模样，也拜了三拜，叩了三次头。

从青礁慈济宫出来，他们到村旁的小店里，买了两碗线面、两个春卷。母子俩匆匆吃完便继续赶路，直到太阳落山，他们才走到海澄码头，于是又匆忙买了船票，摆渡鼓浪屿，直到天黑，才赶到了孙秀妹的堂姐家住下。

说起孙秀妹的堂姐，那真是一个苦命的人，早年父母双亡，无亲无故，一直靠孙秀妹一家救济。因此，她从小就跟孙秀妹处得跟亲姐妹似的，感情特别融洽。堂姐嫁到鼓浪屿后，孙秀妹每年也都来给堂姐拜年。所以，孙秀妹带小嘉庚来堂姐家住也不生分，等小嘉庚自己睡着了，姐妹俩畅谈了一整夜。

第二天清晨，孙秀妹便领儿子来到鼓浪屿郑成功抗击清军的战场遗址，边看边给他详细讲述郑成功收复台湾的故事。小嘉庚第一次明白：原来，为了国家，做出牺牲是无所畏惧的，这是他

第一次了解郑成功的事迹，也是他人生中第一次掂量出国家的分量。

他们在鼓浪屿待了一整天，夜晚回到了堂姐家，也许是因为白天过于兴奋，也许是白天接受了太多新鲜的东西，小嘉庚睡不着了。这一夜，孙秀妹带着小嘉庚坐在堂姐家的屋顶上。此时，天幕中繁星密布，婉转低沉的潮水声正在反复吟唱，海风轻拂，母子俩都陶醉了……

孙秀妹给小嘉庚讲起了妈祖的传说："很久很久以前，泉州府旁边的兴化府，有一个叫林默娘的姑娘，她能预言人间的祸福，经常帮助贫困的人，也经常救助出海打鱼遇到危险的人。她还和吴真人一样，医术高明，天天为老百姓治病消灾。她死后，百姓就给她立庙宇，祭祀纪念，只要百姓有求，她便显灵救苦救难。因此，祭拜的人越来越多。后来，朝廷褒奖她的功德，封她为天上圣母、天后、天后娘娘、天妃、天妃娘娘等。"

"阿母，那妈祖跟吴真人一样，都是做好事后变成了神仙？"小嘉庚眨巴着双眼，似乎找到了什么真理。

"是啊，阿庚，做林默娘、吴真人、郑成功那样的好人，就可以变成神仙！"

"阿母，那我长大以后，也要做好事，做好人，做神仙。"小嘉庚兴奋得跳了起来。

"阿母相信你，我们阿庚长大以后，一定能做好人，做神仙！"孙秀妹笑着说，说这话时，她因为有些感动，眼角都湿润了。

母子俩陷入了沉思……

鼓浪屿的夜，真静啊！

第八章　牛丢只因好读书

陈缨杞离乡返回新加坡后，孙秀妹发现自己又怀孕了。为了生活，尽管她的肚子一天比一天大，她还是坚持每日早出晚归，有时候去地里忙活，有时候还去讨小海。孙秀妹是个很坚强的农家妇女，她再苦再累，也不让小嘉庚饿着。

眼看家里要断粮了，她便挺着大肚子，从海里拉回一麻袋一麻袋的海蛎。晚上得有空闲，她就趁着月光，搬两张椅子，架一张破门板，挖起海蛎来。挖海蛎的时候，孙秀妹从不戴手套，扁平的螺丝刀在她的手上如同长了眼睛，能迅速找到海蛎的合口处，然后她轻轻划几下螺丝刀，就把海蛎的肉柱和壳分开，再轻轻一顶，就把海蛎的两片壳分开了，乳白的海蛎肉含着汁，就呈现在面前了。然后，她用手指和螺丝刀捏住黑色的肉边，把一整个滚圆的海蛎肉提出来，放进旁边的碗里。一个晚上，她就能挖好几斤海蛎肉。第二天，她大清早就提到菜市场卖，生意好的时候，一会儿就能卖空，偶尔没卖完，她就带回家。有时候炒菜脯[15]，有时炒海蛎煎[16]，有时候又制作成海蛎紫菜煲[17]……虽然经常吃海蛎，但孙秀妹的巧手总能做出不同的花样，让小嘉庚每次都大饱口福。

童年时母亲夜下挖海蛎的场景，让陈嘉庚终生难忘。后来，陈嘉庚返乡捐资助学，仍念念不忘当年母亲做的各道海蛎美味。他曾从海外进口专业的设备，并聘请技术人员，想将美味的海蛎加工成海蛎罐头，只可惜没有成功。也许，对于加工海蛎的热忱，只是陈嘉庚出于小时候的情结而已，不管他用什么技术去加工，童年的那个味道都再也找不到了。

为了改善生活，孙秀妹请人在自家屋前搭了一座简易的草棚，并隔成几间，里面养了很多鸡鸭。夏天的时候，她还托人从镇上买来一头耕牛，让小嘉庚边读书边放牛。小嘉庚可乐意了，那时村里的陈嘉宝、陈嘉文等小伙伴，也都帮家里放牛，他以后

---

[15] 菜脯：闽南特色小吃，制作过程大体是这样：将新鲜的萝卜洗净擦干后，白天放到阳光下晒，晚上收回桶里，一层萝卜一层盐，人站上去踩，踩实了再压上大石块，密封。第二天早上，再把腌制过的萝卜一条条拿出去晒，如此循环往复二十多天，直至萝卜变为干硬的金黄色菜脯。

[16] 海蛎煎：闽南特色小吃，又称蚵仔煎，是闽南一带知名小吃，是将海蛎和地瓜粉、蛋、蒜叶或韭菜等一起烹饪的一道菜。

[17] 海蛎紫菜煲：闽南特色小吃，将鲜嫩的海蛎配上滑溜香嫩的紫菜，再细火慢炖，鲜香可口，营养丰富。

可以跟大家一起去田野、去山边，挺好玩的；另外，他觉得母亲太辛苦了，能尽自己的力量为母亲分担家务，心里蛮高兴的。

从此，小嘉庚每天大清早起来，即使睡眼惺忪，他也是揉揉眼睛就冲到牛棚，迅速打开门，给牛鼻拴上绳子，便牵上牛走出村口，奔向绿草如茵的田野，奔向溪流潺潺的山间。有时候，星星还明亮地挂在天际，照在乡间的青石巷道上，地上静极了，只有偶尔的几声"哞哞"牛叫声，像要撕破静寂的清晨。小嘉庚半闭着眼牵着牛走在路上，牛蹄和青石碰出空洞的响声，巷道回响起嗒嗒的脆响。走出村外，树梢上几只叫早的小鸟飞来飞去，田野间虫鸣就如同几重唱一阵一阵，空气里全是乡土的气息。这时，挂在草尖上的露水，早把小嘉庚的裤脚沾湿了，凉意也让小嘉庚清醒起来，他把牛儿要么拴在木桩上，要么拴在大石头上，待牛儿吃上青翠的野草，他就转身准备回家上学了。

此时，村子已渐渐呈露在天地之间，土黄色的瓦屋参差不齐地错落在田野的北边。瓦屋上，缓缓升腾起来的乳白色炊烟，袅袅升到村子的上空，渐渐随风飘散了。晨风轻轻吹拂，小嘉庚顺手捡起一根树枝，他一边甩着路边的野草，一边哼着歌，待他走进村口，时而啼鸣传来，时而狗吠阵阵，几抹红霞也已挂在天边。小嘉庚无心欣赏这夏日清晨的美景，便匆匆吃过早餐，上学去了。

不用上学的时候，或是老先生又休学的时候，小嘉庚就不用着急回家，这时，他会找一处干净的石头坐下，看着牛儿吃草。牛嘴巴一张一合，在嫩草上左右磨动，牛嘴所到之处，就如同一把镰刀掠过，地上只留下一片平坦的草头，像是理发师刚理完的短发，粗短又平整。青蛙闻到动静，发出呱呱的叫声，纷纷跳出草丛，向别处慌乱逃窜；几只蜻蜓在空中时而低翔，时而择一株新长的细长的嫩草，立于草尖跳舞；那些早起的牛虻，又继续和牛尾巴决斗，任凭牛尾巴怎么甩，它们依然能巧妙躲避，然后返回原地……没多久，陈嘉宝、陈嘉文等小伙伴就来齐了，于是，各种美妙的游戏就开始了……

当然，每次去放牛，小嘉庚都不忘捎上一本书。闲暇的时候，他只要拿起书本，便忘记了周围的世界。那是某一天的午后，放学归来的小嘉庚，按照惯常去放牛的地方，见牛儿吃得正欢，他就拿起随身携带的书看了起来，这一看就入了迷，等到他从书中回过神来，发觉天已黑了，他才想起自己是来放牛的。他站起身来一看，糟糕，牛呢？四周旷野一片漆黑，地上的牵牛绳早就被旁边的一块大石头磨断了。

小嘉庚心里有些慌，他找啊找，喊啊喊，可一直没发现牛儿的踪迹。这时候，天色更暗了，小嘉庚心里更慌，咧开嘴就哭了起来。可是，他一想起母亲还挺着大肚子，说不定见不着他更担心，便边哭边赶回家。一回到家见到母亲，小嘉庚情绪更是控制不住，咧开嘴就大哭起来。

孙秀妹还在忙着煮地瓜粥，见小嘉庚回家便失声痛哭，吓得拿在手中的锅盖直接掉落下来，震得整个屋子哐啷哐啷响。她连忙跑过来，用袖子擦拭着小嘉庚眼角的泪，心疼地问道："阿庚啊，发生什么事啊？"

"阿母……牛……牛……不见……了……"小嘉庚边哭边断断续续地说。

"牛不见了！"孙秀妹一听，心里也凉了半截，要说这牛啊，可是她拿出全部家底又跟娘家借了点钱，才凑齐买回来的。这怎么能说丢就丢了！可是，她怎么舍得责骂孩子呢？于是，她佯装镇定地说："阿庚啊！没关系的，牛儿这么大，丢不了，阿母陪你去找，我们现在就去找！"说这话的时候，孙秀妹的心里还是慌慌的。

于是，母子俩连一口粥都没喝，就连夜找了起来。这动静也惊动了左邻右舍，大家也纷纷帮忙寻找。可惜的是，整整一夜，都没找到牛儿的影子。这一夜，母子俩流了一晚的泪。好在第二天清晨，一位早出的邻居跑回来说，牛儿找到了。原来这牵牛绳被石头磨断后，牛就沿着沟渠吃草，一直走到几公里外的邻村的田地里，把人家刚要收成的菜地给糟蹋了。菜地的主人正在恼火，正赶上这位赶早的人说起牛走丢的事。看到母子俩也不容易，菜地的主人就同意孙秀妹赔偿菜地的损失，再把牛牵回家。

牛终于回家了，这也给小嘉庚上了生动的一课，让他更明白生活的不易、母亲的不易。后来，为了防止再次丢牛，小嘉庚想了一个办法：他随身携带一根长长的棉线，只要他想看书的时候，他就把棉线一头连上牛绳，另一头系在自己的脚脖子上。这样，只要牛一走远，棉线就会扯紧他的腿，疼痛就会提醒他牛要走远了，他就能及时看住牛了。这个方法确实有效，从此以后，小嘉庚再也没有把牛弄丢过！

第九章　先生莫教"念书歌"

那时，一边上私塾一边放牛的小嘉庚，生活本来有条不紊，只是陈寅老先生的"念书歌"，让学童们个个讨厌，小嘉庚虽然每篇课文背得滚瓜烂熟，但也逐渐产生了厌学心理。后来，村里宗亲在学童的反映下，第二年就把陈寅老先生辞退了。不料，新聘请的姓龙的塾师，依然以"四书"为课，每日里只教背诵，不给讲解。而且跟原来的陈寅老先生如出一辙，教几天休几天，三天捕鱼，两天晒网。

进入少年期的陈嘉庚，有强烈的求知欲，他渴盼有好的先生能带着他学习更多的知识，而不是每天一贯的"念书歌"。一开始，学童们都对龙老师充满期盼，以为龙先生是对大家书背得不熟有意见，所以才故意不做详细的讲解。不过，没过多久，学童们才发现，尽管大家把书背得滚瓜烂熟了，龙先生还是不讲解。于是，学童们更生气了。有些厌学的小嘉庚，便萌生了退学的想法。

当然，小嘉庚想退学，还有另一方面原因。他见母亲每日挺着大肚子，还这么辛苦地忙里忙外，他看在眼里，忧在心头，更不想去上学了。

这一天早上，小嘉庚照例大清早牵起牛就出门，他已经下定决心了，今天，他无论如何也不回私塾了。他找了块干净的石头坐下，心里有些烦躁，手不停地拔着他脚边的嫩草。哇，这些地方不是前几天牛儿刚啃过的吗？怎么才这几天工夫，就已经长出郁郁葱葱的嫩叶来，真是"牛嘴啃不净，春风吹又生"！小嘉庚感叹着生命的顽强与奇妙，心里满是阳光般的喜悦，心里的烦心事也很快消散了。

小嘉庚正沉思间，牛儿逐渐靠近稻田，它本来安分地啃着田边的嫩草，忽然抬起头，转向了那片嫩绿的稻禾，猛地伸出长长的舌头。眼见牛儿就要偷吃稻禾了，说时迟，那时快，小嘉庚迅疾飞奔过去，拉起缰绳，把牛鼻都快扯下来了，才把牛儿掉了一个方向。眼看预谋没有得逞，牛儿只能在原地踮了几下脚，乖乖地低下头，用尾巴猛拍背脊两边的牛虻，以掩饰尴尬，然后继续安分地吃草去了。

见牛儿安分了，小嘉庚继续坐了下来，再次陷入了沉思。此时，天空越来越亮，天幕也越来越蓝，云朵越来越白，朝霞渐渐消退。不一会儿，村东那片林子的树冠上就出现了一个大太阳，

红彤彤地挂向树梢。很快，那片阳光就向村子的方向扩散，不久就斜射到小嘉庚身上，把他的身影拉长。拉长的身影在沟坎上折起了一个垂直的角，又向坎上的稻禾面上折下，平平地铺了过去。太阳跃上了山巅，洒下万丈光芒，整个村子一下子亮了起来。

这时，村子里传来叫人吃饭的喊声……

小嘉庚把牵牛绳拴紧，心情没有往日畅快。回到家，小嘉庚匆匆吃了早点，见母亲要出门，便连忙拿起农具跟着去。这一反常的行为把孙秀妹吓了一跳，她诧异地问道："阿庚啊，你不去上学，拿着农具是要去做什么啊？"

"阿母啊，我不想上学了！"小嘉庚悻悻地答道。

当年，为了小嘉庚能上学，孙秀妹又是给丈夫写信，又是辛苦劳作，这日子再苦都熬过来了，这孩子怎么说不上学就不上了呢？孙秀妹觉得这事有蹊跷，连忙放下手中的农具，轻声问道："阿庚啊，你跟阿母说说，为什么不上学呢？"

"那位龙先生跟之前的陈先生一样，上课又是教'念书歌'，我们根本听不懂，感觉学不到东西。"陈嘉庚缓缓答道，"更何况，阿母你肚子都这么大了，我是男子汉，也不能让阿母老这么辛苦！"

"可是，阿庚还这么小，本该是上学的年纪，怎么帮阿母干活？"

"阿母，可以的。粗活我干不了，可以干一些细活，比如，我可以去海边捡鱼捡贝螺捡海蛎，还可以去山里砍柴捡树枝，这样也可以减轻阿母的负担。"

"啊？这样，阿庚怎么学本事？"

"阿母，古人认为，少子无良师，乃人生一大悲！如果龙先生继续教'念书歌'，我还不如帮阿母多干点活！"

"那好吧，今天阿庚就跟阿母去干活吧！"孙秀妹心中暗暗叹气，但她并没有责怪孩子，她默许了小嘉庚的行为，是因为她知道责怪没有用，孩子心中自有分辨是非的能力。既然这位龙先生教书也不行，这一夜，趁小嘉庚熟睡，孙秀妹连忙给丈夫陈缨杞写起批来。批中，她告诉丈夫，家里一切都好，最让她开心的是，她又有身孕了。最后，她跟丈夫提及小嘉庚的学习问题，说起私塾先生不佳，让村里学童学无所长，希望丈夫通过人脉，多多探求良师。

没想到的是，这事一拖就好几年，直到陈嘉庚十四岁那年，陈缨杞与同村宗亲经过多方努力，私塾里终于聘请到邑庠生[18]陈令闻先生，改授南宋理学家、教育家朱熹编注的《四书章句集注》，授课时对课文详加解说。从此，在陈令闻先生的教授下，陈嘉庚与一众学童方得一知半解。

---

[18] 邑庠生：清时在县学考取的叫"邑庠生"，在府学考取的叫"郡庠生"，统称为"秀才"。

第十章　巧做文章平风波

1883年夏秋之际，小嘉庚虚岁十岁，其妹妹仙草啼哭着来到人间。

刚分娩完的孙秀妹，身体很虚弱，也不便出门。在此期间，生活的重担便落在了小嘉庚的肩上。清晨，他放牛做饭；白天，他锄地割草；晚上，他讨海挖蚝；夜里，他洗衣扫地……他不怕苦，不怕脏，俨然成了家里的顶梁柱。

日子就这么平稳地过着。日复一日，时间飞逝！

清光绪十年（1884年），小嘉庚已经十一岁了。8月，法军舰队炮轰台湾基隆后，又突袭福州马尾，把大清朝廷建造的十一艘南洋水师军舰、十九艘商船全部炸沉，国耻愁云笼罩大地。祸不单行的是，闽南一带又发生大旱灾，接着瘟疫流行，民不聊生。

连续两个月的干旱，集美村里的河流几乎干涸了，露出了狰狞的河床，荒草枯萎，庄稼眼看难以成活。面对如此情况，村民自觉组织起来，投工投劳，群策群力，把山里唯一还有水源的小河，通过挖沟筑渠引向村里的大片田地，以保持生活饮用，维持庄稼浇灌。

可是，引出的水毕竟不多，只能各家分配灌溉，每家以抓阄定先后、定时间引水。轮到谁家，谁家就叫人到地头守候引水。那时候的水就是命根子，关系到粮食的收成，关系到能不能活命，求生的欲望导致有些人不按规矩做事，于是就引起了为争水而蛮横的争斗。

终于轮到小嘉庚家引水了，这天，灼人的日头明晃晃地暴晒田野，十一岁的小嘉庚头戴着破旧的草帽，正在自己家的那片田头守候。那时，为了不让水分被闷热的空气蒸发，每家的蓄水池都盖上了遮阴篷，可见当时，水是多么珍贵。当细小的水流流进小嘉庚家新挖开的蓄水池，汗水已经湿透了他的全身。小嘉庚心想，要是自己身上的汗也能流到池里多好啊！虽然少，但那可是救命的水啊，能多一点是一点。

虽然进入了夏末秋初，天气仍然热得出奇，没有一丝风起，天空中飘着几朵晃眼的白云，似乎一动不动，身边的草和远处的树都枯干了。放眼望去，只有一些浇灌过的庄稼还泛着无精打采的绿色，给大地一丝生机。田地里更多的是龟裂的土地和枯败的芦苇。为了尽最大能力不让水分蒸发，让庄稼得到救命的水，村

民都选择白天守候宝贵的水流，晚上用盛水的农具给庄稼浇水。这样，水分就能保证完全让庄稼吸收，抵抗白天烈日的暴晒。

那时，每天都有村民到龙王宫祈雨，一个多月过去，他们的膝盖都跪烂了，念经也念到喉咙沙哑了，可是每天天一亮，天还是晴蓝蓝的，白云在天上仿佛幸灾乐祸一般无所事事。龙王宫里烟熏火燎，热气腾腾，摩肩接踵，热到极致，琅琅的诵经声终日不绝，更是让人烦心。

小嘉庚一边在搭起的遮阴篷里守候流水，一边望着晴朗的天空陷入了沉思：天空、大地、山川、河流……这就是人间啊！这就是喂养人类的自然，可为什么不遂人意呢？为什么要为难人类？为什么要给人类设置这么多的苦难？……小嘉庚陷入对自然和人类的沉思，突然，他听到不远处传来嘈杂的争吵声和打斗声。他惊慌地放眼望去，只见离他们家田地不远处，三个壮年男人正在挥锄打斗，不用说，肯定是为水引发的争端。起先，这三个壮丁还只是挥舞锄头比画，并没往要害处打，闹了一会儿，一个壮丁的腿上挨了一锄，惨叫一声，继而，另一个壮丁就把锄头直接往对方头上砸去，只听一声脆响，被打中的壮丁立刻就闷声倒下了……

"出人命了！出人命了！救命啊！救命啊！"有人大喊起来。

许多人从四面八方拥向出事地点，但这些人似乎不是来劝架的，而是分成两派，继而引起了更大规模的械斗。小嘉庚第一次看到这种场面，整个人怔住了，几分钟后才反应过来，他觉得情况不妙，立刻拔腿往家跑。人没跑进家门，他就带着哭腔喊道："阿母，阿母，不好了！出人命了，争水打架了！"

孙秀妹听到喊声，也赶紧奔出家门，跟着小嘉庚向出事地点跑去。到了现场，只见哭喊声、打斗声、惨叫声、怒骂声……闹成一片，人群早已乱成一团。

"住手！快住手！天收人，你们还要人收人[19]吗？"孙秀妹大喊。

平日里，孙秀妹的为人在村里有口皆碑，很受村民尊敬，打斗的双方听到孙秀妹的怒吼，挥舞的锄头和胳膊瞬间停了下来。

"人都要饿死了，你们这是等不及饿死，想要打死更好吗？"孙秀妹喊着，眼泪忽然就哗哗落了下来。

众人见孙秀妹落泪，生活的辛酸也奔涌而出，一下子都忍不住哭了起来！

这场争水引发的打斗，虽然没有出人命，但五个村民受了伤，其中一个还被锄头砸成重伤，险些送了命。

十一岁的小嘉庚亲眼看见了这场斗殴。这件事深深烙在他心里，也让他深刻地体会到：战胜苦难的是团结，是相互之间的扶持，打败自己的，往往不是天灾，有时候也可能是人祸。

---

[19] 天收人，表示天灾导致人死亡。人收人，表示人自己争斗以致死亡。

在孙秀妹的劝说下,这件事最后还是平静了下来。第二天,早起出工的村民们,在村口的树干上发现了一张大大的红纸黑字、上书大字标题的《劝和书》。好奇的村民纷纷围了上来,指指点点,有识字的村民念了起来:

械斗之害,甚于天灾。

同居一村,同出一祖,人未有不亲其所亲,而能亲其所疏。引水浇田,本为活命,今同室操戈,谋水而害命,乃吾村之耻,祖上蒙羞。盖孽由自作,祸起阋墙,古来物穷必变,惨极知悔。天地有好生之德,人心无不转之时。愿今往后,父诫其子,兄告其弟,各革面,各洗心,勿怀夙念,勿蹈前愆。一村同心,一体同仁,斯内患不生,外祸不至。譬如人身血脉,节节相通,自无他病。数年以后,吾村仍成乐土,岂不快哉?

这篇《劝和书》虽引用了郑用锡《北郭园诗钞》里《劝和论》的部分词句,但通篇巧妙地结合本村的实际,行文非常流畅,可见作者熟读群书,涉猎广泛。村民们十分纳闷,这么好的文采是出自谁之手呢?

此时,躲在不远处的小嘉庚,一直在偷偷地观察。这《劝和书》可是他熬了一整夜才写出来的。看着村民们似乎有所领悟,他也满意地笑了。

从此,械斗之事在集美社再也没有发生。

集美龙王宫现貌

第十章 巧做文章平风波

第十一章　地瓜稀粥度瘟疫

1884年11月，一位海澄县[20]客商从香港返回厦门，入住厦门梧村后突发疾病，不久便去世，被他感染的三个人相继死去。随后，可能跟他有过接触的海澄县港尾人回家后，也导致了同村五人染病过世。这种疾病，后被确诊为鼠疫，当年厦门民间也称之为"痒子瘟""发粒子症"或"香港症"。不幸的是，此后"黑色恐怖"侵袭闽南，鼠疫开始在闽南地区流行开来。

鼠疫流行，导致人心恐慌。到了这一年年底，街上所有店铺的毛巾、粮食、蔬菜，尤其姜蒜都被抢购一空了。孙秀妹也早早打算，她提前买到几条毛巾，再把毛巾剪成了小块，做成简易口罩给小嘉庚和仙草戴上；又储存了一点粮食和姜蒜，每天把姜蒜煮成汤水让兄妹俩喝。

---

[20] 海澄县：福建省旧地名，古时属漳州府，1960年与龙溪县合并，改名龙海县，后撤县建市，现为漳州市龙海区。

没过多久，村里开始有人染上了鼠疫，之后几乎每天都有人去世。私塾也被迫停学。孙秀妹准备了很多干草，把牛关在牛棚里，她要求小嘉庚和仙草不得外出。白天，她裹得严严实实，帮忙处理陈氏家族里死去的人；晚上，她强忍着悲痛，洗漱完又用烧酒全身消毒后，才敢教导孩子读书写字。

那时，闽南各地都处在悲云惨雾中，到处哀号遍地，许多想逃出去的人也逃不出去了。官府下拨了一部分粮食、烧酒到村里分发给各家各户，各村都有官府设的关卡，要求村民不得外出。既是哀鸿遍野，又时有暴乱发生，官府不得不派出兵勇到各村驻守，维持秩序。

这一天，孙秀妹回家终于熬不住了，她洗漱消毒完，就坐在桌旁默默流泪，继而终于无法忍受，号啕大哭起来，多少日子来的压抑、烦闷、不安、悲伤，都化成滚烫的热泪，如江水奔涌。这一来，小嘉庚和仙草都吓坏了。兄妹俩连忙跑过来，左右抱着母亲，也跟着哭了起来。这一夜，他们没有言语，唯有痛哭。

第二天，孙秀妹因劳累过度，病倒了。而且，这一病就是一个多月。起初，孙秀妹怀疑自己是染上瘟疫才一病不起，她担心小嘉庚和仙草会被感染，坚决不让孩子靠近，有什么事情都自己料理。后来，病情加重的她，终是无法下床，于是，她担忧自己躲不过瘟疫，就唤来小嘉庚和仙草远远站着，强忍着悲痛说：

"孩子，阿母不知道能不能挺得过这场灾难，不管怎样，你们兄

妹都要坚强地活下去！知道吗？"

小嘉庚和仙草一听，"哇"的一声哭了起来。

"不，不，阿母一定没事的！一定没事的！我不听，我不听！"仙草哭喊着。

小嘉庚强忍着泪水，抱紧仙草说道："仙草不哭！阿母不会有事的！"说完，他懂事地跑进厨房，烧火煮起了姜蒜汤水。煮好后，端着一碗来到孙秀妹床前，准备喂母亲喝下。孙秀妹连忙摆手示意小嘉庚莫靠近，可是小嘉庚并不理会，他一屁股坐在母亲身边，说道："阿母要是得了鼠疫，恐怕我们也早被传染，怎么可能熬到现在呢？阿母，你肯定是太劳累才病倒的，你先喝了姜蒜汤，等下我再去煮点地瓜粥，你多吃点就没事了！"

孙秀妹本想继续推辞，无奈全身乏力，她见孩子说得在理，只好接过姜蒜汤，含着泪一口饮尽。

从这日起，小嘉庚更是每日早早起床，又是煮姜蒜汤，又是煮地瓜粥，每日忙得晕头转向。仙草见哥哥这么忙碌，也乖了很多，只是每日居家实在无趣，年幼贪玩的她整日都闹着要带她养的黄狗外出遛弯。面对仙草妹妹的无理要求，小嘉庚俨然一副小大人模样："大人都说，黄狗也会传染鼠疫，你要是外出给传染上了，我们全家都得被传染上！"这话确实很有威力，仙草吓得再也不敢提这事。此后，她只好天天待在家里陪着黄狗玩。黄狗也想出门，常常对着门缝狂吠，这时，仙草就会把它抱在怀里，安慰它："等瘟疫过去，我们就可以一起出去了！"黄狗听不懂，有时候挣脱她的怀抱，继续奔到门缝前使劲叫，常常把仙草惹哭了，见主人哭了，黄狗又懂事地跑回来，舔去仙草眼角的泪水。这些都是苦难生活里的乐章！

也许是姜蒜汤起了作用，也许是地瓜粥带来的营养，孙秀妹在冒了几天虚汗后，病情奇迹般好转起来。又过了几天，孙秀妹终于可以站起身来了。

孙秀妹度过了劫难，她松了一口气，连忙给远在南洋的丈夫写了一封批报平安，此后，她焚香拜佛更勤了。而这场瘟疫并没有过去，几年的时间里，依然肆虐着八闽大地，"黑色恐怖"下，集美乡亲死的死、逃的逃，嘉庚的亲族最后仅存活半数。

经历了这场瘟疫，小嘉庚像变了一个人，他常常一个人坐在门前，看着天空长久地发呆。在那个风雨飘摇的年代，对于生命，少年陈嘉庚的心里有了一番深刻的认识。

他长大了！

第十二章　最美不过家乡美

自鼠疫流行后，人类开始了一场与鼠疫长达数十年的抗争。在厦门，正是有了陈玉瓦、罗正卿、郁约翰、周慕卿等一代又一代医者不畏艰难的刻苦钻研，才使无数人免于丧生。尽管鼠疫依然肆虐，生活还得继续。

冬去春来的日子，正是天气乍暖还寒的时节，万物生机勃发，百花竞相绽放。集美渔村的午后，太阳也懒懒地挂在树梢，就连斜射下来的阳光，也显得困意满满。浔江水静静地流淌着，汇入大海，与汹涌奔腾的海浪交织在一起。退潮的海滩上，三个十一二岁的少年，各自背着"凸"字状的竹卡篓，拎着手网，钻出芦苇丛生的江岸，飞也似的向沙滩奔跑。这三个孩子，正是陈嘉庚和他小伙伴嘉宝、嘉文。

"快！——"三个孩子互相迭声催促。阳光下，潮水刷洗过的海滩，显得那么光洁而柔软。沙滩上，星星点点、丛丛簇簇的螺呀、蛤呀、贝呀、蚌呀，在阳光的照射下，折射出珊瑚或琥珀的姿色，熠熠生辉，但对孩子们并没有诱惑力，因为这些僵卧沙滩的小东西，跑也跑不了，海鸟更对它们没有兴趣，回头再好好收拾也不迟。他们有更重要的事要去做。

孩子们奔跑着，受惊的鸥鸟和白鹭一阵喧叫，纷纷拍着翅膀飞向天空。这些鸟儿，早已吃够了遗留在沙滩上的小鱼虾，正开着欢庆会呢，见到来人纷纷逃窜。被海浪冲上来的大黄翅鱼，顺着海水稀稀疏疏地挂在海滩的礁石边。孩子们箭似的奔跑过来，他们飞快地脱去布裤，露出短裤衩，甩掉布鞋，又解下浅黄亚麻制的短汗衫，打起赤膊，再把辫子往脑袋上胡乱缠紧，便拎起竹篓，蹚过尚未退尽的潮水，奔向礁石的方向。待海水溅了一身，他们终于捡起大黄翅鱼，高高地举在头顶挥舞，然后发出胜利般的呐喊。这时，老鹰和秃鹫俯冲下来，它们不怕人，刹那间就把孩子手中的大黄翅鱼叼走了，这可把孩子们气到了。他们一阵猛追，又是拿起贝壳往空中狂掷，又是对着空中骂个不停……

嘉宝和嘉文还没解恨，只见陈嘉庚一阵惊叫，旋即往沙滩高处奔去。他们惊诧地停步，大声朝着陈嘉庚嚷嚷："阿庚，你有什么新发现？"陈嘉庚早已跑远，根本听不见别人的叫声，只见他从一柱大礁岩的侧壁，抾下了一只狮螺。礁岩长久经受海浪冲击，黝黑斑驳的岩石早已面目狰狞，许多藻类和小动物寄生在上面。狮螺紧贴扑在岩壁上，形成与岩壁相似的保护色，如果不仔

细看甫想辨认出来。

"你们瞧！"嘉庚高举拳头大的狮螺，欢呼雀跃地跑了回来。嘉宝、嘉文也兴高采烈地迎了过去，三人在水里腾挪跳跃，狮螺在他们手中传来传去，每个人都爱不释手。

"嘉庚，你要走大运了。你阿爸肯定要从南洋寄来大钱。"脸庞黝黑的嘉宝正儿八经地说，"我爷爷说过，'拾得狮子螺，全家穿绫罗'㉑。捡到狮螺，就会发家。我阿爸捡到过一颗大狮子螺，嗨，我家的母猪一胎生了十二只猪崽呢！"

"嘉宝说得对！"嘉文插话进来。嘉文皮肤白皙，说话时嘴巴两旁荡起浅浅的酒窝，声音像女生。"我阿爸说过，一个渔村二十年也难得有人捡到一颗大狮子螺。阿庚是鸿运当头了。"

"如果是这样，该是我们三人都要走运了。"嘉庚爽快地说，"因为这颗大狮子螺是我们一起捡来的呀。"

嘉宝和嘉文听了，乐不可支地憨笑着。

此时，三个大肚子、细眼儿、三角口的手网和竹卡篓散放在海滩一角。网里突突地装着带壳的海蛎，竹卡篓随便开不得，把那稻草编的漏斗状的盖子打开，说不定就有一两只小螃蟹横爬出来，这不要紧，一手按住擒了它就是；那水花花、亮闪闪的鱼堆里也会突然蹦出几只虾来，那就够你追捕的啦。

太阳红彤彤地挂在西边，孩子们收获颇丰，背着沉重的竹卡

㉑ 闽南民间谚语，表达了人们对生活的愿景。

篓上了岸，在岸边的芦苇地，堆起干柴火，架好铁罐，划洋火点燃，就烤起鲜虾鲜鱼来。顿时，一阵阵鱼香味弥漫在芦苇丛上。芦苇丛间这片绿茵茵的草地，常常是孩子们野餐的好场所。一有时间，他们三人就在这儿烤鱼、虾、螃蟹，或者挖个土坑就焖番薯、鸟蛋、花生。

"好鲜！"嘉宝用芦苇当筷子，从熏得黑咕隆咚的铁罐里夹出一只烤熟了的红虾，边吹气边送进嘴里。

一堆篝火烧得正旺，那只大狮子螺放在火堆上烤得嗞嗞响，沸腾的螺子冒出阵阵清香的气味，诱人嘴馋。眼见大狮子螺已经烤熟了，嘉宝从嘉庚裤袋里摸出一把开合的鹿角小刀，把螺的肉切成三块，也用这刀作叉子，把螺肉挑到每个人嘴里。螺肉又烫又香，三人评说这螺肉很是可口，就是不容易嚼烂。大家歪嘴噏唇咬啊咬啊，不断嬉笑着。

待三人享受完美食，近旁的浔江，西斜的阳光在水上映出一条波动的彩带，橙黄的、银白的、深紫的、翠绿的、浅蓝的、铁灰的……晚风轻拂而来，彩带在水中轻轻扭动，芦苇林也轻轻摇动，如亭亭玉立的女子含笑点头；近处，海浪轻轻地拍打着沙滩，发出柔柔的声响，似乎在弹奏一曲海的摇篮曲；远处，涂了胭脂的晚霞和夕阳，把万物都染上了蒙蒙的粉色，大地美极了……

陈嘉庚缓缓地站起身，眼睛注视前方，身子原地转动，眼前的美景真是太震撼了，他不由得赞叹："家乡真美！"

第十三章　明日学成建家乡

时间过得很快，一晃三年又过去了。

1887年，陈嘉庚十四岁，妹妹仙草也五岁了。在母亲孙秀妹的教导下，两个孩子快乐茁壮地成长，特别是陈嘉庚，俨然是英俊少年了。虽然私塾老师三天打鱼两天晒网，但他不仅刻苦读书，还帮着干农活、做家务、带妹妹，每天忙得不亦乐乎。

当然，该忙的忙，闲暇时间，陈嘉庚还是喜欢和陈嘉宝、陈嘉文等小伙伴玩。陈嘉文人如其名，长得斯斯文文，平日里寡言少语，读书也很上进。他还是游泳健将，每次跳入海水中，一下子就如同泥鳅一样游得无影无踪，因此，伙伴们都喊陈嘉文为"泥鳅"。而陈嘉宝这个人，则调皮捣蛋，无所畏惧，读书更是吊儿郎当。比如私塾早读时间，他明明不会背诵课文，却总是正儿八经地站起来，往自己书上瞟一眼，记下一句，合上书本，很神气地念出仅有的那一句，声音比谁都响亮，似乎他掌握的课文最多。

这一年，私塾里新聘的邑庠生陈令闻先生，一改原来的教学模式，他不再照本宣科教习四书五经，而是改授南宋理学家、教育家朱熹编注的《四书章句集注》，授课时对课文又详加解说，学童们觉得受益匪浅。

讲授完课文，陈令闻先生让学生一起背书。每次学生背书，他总是闭着眼睛，慢悠悠地抽他的水烟，那烟壶里的水咕嘟咕嘟地响着，他的喉结也跟着上上下下乱动，许久，他的鼻孔才徐徐冒出两股淡烟。

此时，陈嘉宝的背书功继续"发扬光大"，整个学堂被他有一句没一句的背书声震撼着。随即，陈令闻先生显然被激怒了，"啪"的一声，戒尺重重拍打着桌面，发出尖锐的声响。学童们都吓了一跳，连忙挺直端坐、目视前方，等候先生的发落。

"陈嘉宝，你又在瞎喊什么？"陈令闻先生怒喝道。随后，他提起戒尺，这可是打掌心的法器，见陈嘉宝早已吓得发抖，他的怒气也渐渐平息了，最后只是命令："来，向至圣先师鞠三个躬。"

陈嘉宝走到中堂，向孔子画像深深地鞠了三个躬。

先生又问："说，为什么要读书？"

"十年寒窗无人问，一举成名天下知。"陈嘉宝战战兢兢地回答，生怕自己说错招来更严重的后果，因此说出先生最喜欢的

两句话，想搪塞过去。

"不够，远远不够。"先生吼道，"为天地立心，为生民立命，为往圣继绝学，为万世开太平。这才是读书人应有之情怀，你懂不懂？"

陈嘉宝默默地低着头，不敢发出一声声响。

"陈嘉文！"先生忽然叫了另一个名字。

陈嘉文慌慌张张地站起来，他正纳闷着：先生不是在责备嘉宝吗，怎么忽然点我的名呢？

"来，你背一遍，让陈嘉宝好好听听！"

"子……子曰……弟子入则孝……出则信……不，出则弟，谨而弟……不不不，谨而信，泛爱人……泛爱众，而亲人……而亲仁……"陈嘉文满头大汗，支支吾吾。

"停！"先生咆哮道，"陈嘉文，你今天是怎么啦，孝弟不分？古人匡衡凿壁偷光而学，武子囊萤照读，苏秦引锥刺股，孙敬系头悬梁。你下多少苦功夫？闻鸡起舞了吗？读书万遍了吗？哼！不学无术！不学无术啊！早知道这样，我还不如叫陈嘉庚起来背！"

听了先生的话，陈嘉文脸一下子红了，眼角也湿润了。其实，陈嘉文是下功夫读书的，本来，课文他早就会背了，但先生正因为陈嘉宝发火，他一紧张，整个大脑就一片空白了。

先生原本是很认可陈嘉文的刻苦用心，叫他起来本是为了树典范，没想到陈嘉文抗压能力这么弱，一紧张什么都忘了。先生虽然也觉得自己的话说得过了，但碍于面子，便交代大家继续背书，自己离开了。

这一天，大家背完书，就自行回家了，一切都很平静。没想到的是，第二天直到上课了，私塾里还不见陈嘉文。一开始，先生不以为意，可是直到上完第一阶段的课时，还不见人影。直到中午，大家回家吃饭，待继续上课时，陈嘉文的父亲慌张地跑到私塾，说嘉文整个中午都没回家吃饭，不见了。

先生正抽着旱烟，被嘉文父亲的话吓住了，刚抽进去的烟还没来得及吐出来，全咽进肚子里，呛得直咳了大半天："这……这……可不……不了得啊……大家赶紧分头找……"

于是，大家慌张地散开，像捉迷藏一样四处乱转，只有嘉庚坐在座位上一动不动，若有所思。过了好一会儿，大家匆匆赶回，纷纷报告没找到人。嘉文的父亲急得直跺脚，眼泪差点都要掉下来了。大家不知所措，急得如热锅上的蚂蚁，这时，忽听嘉庚说起话来："泥鳅嘛，肯定是去有水的地方。"

众人不解，纷纷摇头，感到这个时候，嘉庚怎么还在开玩笑？他们连忙又凑在一起，探讨找嘉文的办法。

"我真的不是开玩笑。"此时，嘉庚胸有成竹地站起来，"我与嘉文是从小的玩伴，我知道他读书刻苦上进，但性格很孤僻，跟他不熟悉的人，他从来不跟人打招呼。平日里，他除了和

我们在一起，就是一个人找一个安静的地方躲起来。我想，这时，他准是跑到芦苇荡，把自己藏起来了……"

众人觉得有理，纷纷跑到芦苇荡，终于在一处茂密的芦苇丛里，找到了蜷曲着身子躲在里面的嘉文。他显得很害怕，眼神飘忽。众人不敢靠前，就连嘉文的父亲都不敢上前半步。

僵持中，嘉庚走上前去，缓缓地对嘉文说道："嘉文，我是你的好朋友，我理解你心里难受，你是我们所有人中读书最用功，也是读得最好的，你一直都是我们的榜样……"

"我读不好书！可是，我不想去讨海，我不想去喂猪……"嘉文忽然歇斯底里地大喊道。

"不会的，不会的，你要相信你自己……"嘉庚说着，走到嘉文的身边，然后一把把嘉文抱在怀里，"我们都要好好努力，走出这片贫瘠的土地。将来，我们才有能力改变这里，改变这里的教育，你说是不是？"

嘉文听了，也紧紧地抱着嘉庚，他点了点头，便号啕大哭起来。那哭声，似乎比远处的海浪声还要高三分。

第十四章 夏种秋收农忙时

当年,闽南地区的种植业主要有以水稻为主的粮食作物,以甘蔗、茶叶为主的经济作物和以果树、蔬菜、花卉为主的园艺作物三部分。集美社环山靠海,中间湖泊穿行,耕地十分辽阔,当地的村民除了讨海捕鱼,也种植水稻、番薯、甘蔗等辅助生计。当时,集美社主要以种植水稻为主。

农村的生活虽然简单,却是自然而幸福的。一年中,最繁忙的当属夏种秋收两个时节。从小在农村长大的陈嘉庚,夏种秋收早已成为他生活的一部分。随着一天天地长大,他早已成了母亲孙秀妹不可或缺的好帮手。

夏种要先溶田,溶田分为两个步骤,先是犁田,再是耙田。耙平了田泥,接着就要插秧了。秧是早已育好的,一般都是集中在某块较肥沃的水田中。插秧前先到秧苗田中拔秧,拔秧也要有一定的技巧,才能拔得又快又好。先是双手拔秧,拔到一定量不

少年嘉庚经常帮助家里做些收番薯、讨小海的农活，养成勤劳朴素的习惯

方便拔时就由左手抓秧，右手拔秧，再到一定量时就不能拔了，双手抓住秧苗腰，把秧头往水里一按一提冲洗，直到秧头根上的泥洗净，然后用浸湿的干稻禾绑成一个小把，再接着依样拔下一个……

秧拔好后，就要把秧挑到溶过的田中去插。插秧也要讲究技术，才能把秧插得又快又齐又均匀。插秧不仅要求掰秧头时要准要匀，还要求插的秧行大体对齐，行间分布均匀，插秧有一句要诀：竖行不多出，横行顺手插。意思是竖行自始至终保持一致，不多出行数；而横行不太讲究，只要顺手插，大致直就行，中途偶尔多出分岔行也不打紧。只要掌握了插秧要诀，熟练后就能插得又快又好。

在嘉庚的少年时代，夏天里，他都是头顶白晃晃的烈日，脚踩进被晒得发烫的田水里，蹲着马步，弓着腰背，一手把秧，一手插秧，上下如梭；汗水如流水一般沿着脸颊、鼻尖、下巴流进嘴里和面前的田水中，前胸后背的衣服已完全湿透。在他的前方，排列着稀稀疏疏的、整齐的、绿色的秧行。在农耕时代，留行间的目的不仅是为美观，同时也为了便于田间管理，如耘田、除草等。这些种田技术，嘉庚都基本掌握了。

插秧累了的间隙，嘉庚就会站起身，用手背捶打着酸痛的腰背，然后透过被汗水迷蒙的视线，凝视远方的山，眺望远方的海。他仿佛望见，眼前越来越多的绿色幻化出一片金色的稻浪，无边无际；他仿佛望见了父亲站在面前，伸出有力的双手，把他高高举起；他似鸟儿，遨游于半空中，俯瞰着广阔无垠的大地，大地绿成一片，绵延向天边……

每逢这时，孙秀妹看在眼里，疼在心头，就远远喊道："阿庚啊，赶紧休息一下，别累着。"

这时，嘉庚总是陶醉于凝视中，心情难以平静，许久才对母亲答道："阿母，你不是常说，小孩子累不着，睡个觉第二天就好了。而且，我真的不累！"说完，就又迫不及待地插起秧来。

到了秋天，还是孩子的嘉庚，也严格要求自己准时起床，然后先早读一会儿，再帮母亲做点家务。秋收的日子，他大清早起了床，收拾好镰刀，挑着箩筐，就赶往离家一里多远的水稻田里。虽然有些睡眼惺忪，但他还是揉了揉眼睛继续前行。走出村庄，路两边是大片的田野，路边的野草上和田里的稻禾叶上挂着

晶莹的露珠，叶子之间拉着一张张细细的银白色的蜘蛛网，田间的稻禾上飘浮着轻烟似的水雾，远处灰蒙蒙的，看不清楚。

走着走着，东方的那片天空开始泛起亮光，那是太阳要升起的地方。秋日的清晨，空气特别凉爽宜人，空气里飘荡着稻禾和豆叶的清香。绕过小溪边的灌木丛，翻过沟渠边的荆棘林，再走过海岸边的芦苇林，嘉庚家的水稻田就到了。于是，趁着凉爽的晨风，嘉庚开始收割了。收割对嘉庚来说不是难事，几年的劳作早已使他练就了熟练的收割技术。嘉庚一手把禾，一手持镰割禾，唰唰唰，手到禾倒。割三四棵，他用禾叶缠一下禾把，接着再割三四棵，再用禾叶缠为一把，缠了十几把后，他便把这些割好的禾堆在一起，再抱着斜放到田埂上……

秋日的晨风轻轻吹拂，空气格外清新。水田里活动着许多稻水虱，稻水虱原是爬在稻秆上的，稻禾一被割倒，稻水虱就会飞到嘉庚卷起裤管的脚上，咬着他的皮肉，又痒又疼，非常难受。因此，嘉庚一边割稻，一边还要不断拍打伏在脚上的稻水虱。有时，也会有一些水蛭爬到嘉庚的脚上，紧紧地把尖嘴刺入皮肉吸血，让嘉庚奇痒难耐。嘉庚只好放下镰刀，拔出水蛭，被水蛭刺入的伤口，血顺势流了出来。

但这些困难对嘉庚来讲，都不值一提。对于农村人来说，被虫子叮，被害虫咬，划伤流血都是常事。嘉庚干活很利落，一转眼就抱了六七趟，田埂上已经堆出一座小山丘了。

这时，太阳升上天了。嘉庚一抬头，就看到母亲孙秀妹带着仙草妹妹过来。仙草妹妹还小，又是小女孩，平时嘉庚爱怜得不得了，常常嘱咐母亲让妹妹多睡一会儿，因此，稻禾收割的日子，都是嘉庚先出门，孙秀妹需要处理仙草的一堆杂事后才有空儿赶往田里。见仙草妹妹来了，嘉庚连忙上前抱起妹妹，一连晃了好几圈，把妹妹逗得咯咯大笑。然后，三个人一起加入战斗，嘉庚负责割，仙草妹妹负责抱，母亲孙秀妹把垫场布拉平，再把打谷框放好，插好挡谷布，然后开始打起谷来。

此时，太阳已升到半天高了，强大的热力向大地投射下来，三个人的汗水像雨水一样哗哗往下流。他们干得很起劲，直到晌午时分，汗水早把他们的衣服浸透了，他们才歇会儿，匆匆吃了餐点，喝了水，休息不到几分钟，又继续干起活来。待到日头西落，嘉庚就停下手中的活儿，他把母亲打完的谷子，用竹筛筛过，除去禾叶，然后再把筛过的谷子装筐。最后，大担的谷子母亲挑着，小担的谷子嘉庚挑着，仙草妹妹在后面跟着，一家三口踏着夕阳的余晖，几经歇脚才回到家。

到了家，嘉庚和仙草妹妹早已瘫倒在椅子上，孙秀妹则走进厨房，忙起了一家人的晚餐……

第十五章　华人过番多苦难

夏去秋走冬又来。闽南地区的冬天,没有北国的银装素裹,所以天气也没有那么寒气逼人。然而,闽南冬季多雨,雨一过,气温常常会骤降,温差很大,若是不及时添衣,就容易受风寒。

这日雨后,嘉庚的破衣裳已经无法遮挡寒意,他只好打开衣柜搜寻,勉强找出一件多年前淘汰的破棉衣,可是任他怎么穿也套不上。最后,他缩缩肚子,算是勉强把上面的扣子扣上了,可下面的扣子怎么挤肚子也扣不上,只好露出一圈肚子,看起来特别寒碜。

孙秀妹看了,笑得前俯后仰,笑过之后,心里却是一阵酸楚。她脱下嘉庚的破棉衣,心疼地说道:"阿庚长大了,衣服自然就小了,只怨为娘买不起棉衣给你穿……"说着说着,眼泪就掉了下来。

嘉庚赶紧上前,帮母亲擦拭。母亲一掩手,脸上迅速挤出几丝笑容，然后起身走进房间，拿出一件陈旧却干净的棉衣，棉衣叠得整整齐齐的，应该是很久没人穿过了。她把棉衣庄重地递给嘉庚，说道："阿庚啊，这是你阿爸的棉衣，你穿上……"话没说完，就掩面抽泣起来。

嘉庚心里清楚，母亲准是睹物思情，想起父亲来了。

也许是冥冥中命运的安排。没过多久的一天，嘉庚刚刚挑了一担柴回到家，母亲孙秀妹就冲到他面前，笑逐颜开地说道："阿庚，阿庚，快来看看，你阿爸写批来了……"

信一打开，满纸的思念！陈缨杞还在批上说，他将于年底抵家，今年就留下来过年！

看到这个消息，孙秀妹激动得心都快要跳出来了，泪水在眼中如泉水般涌出。她撩起身上的围裙，一边擦拭不断涌出的泪水，一边喃喃自语道："冤家！这个冤家！一去又是六年了，还记得回家啊！"说着说着，就呜咽起来。

对父亲即将归家的消息，嘉庚并没有表现出特别高兴，毕竟上一次与父亲离别，他还是个九岁的小孩，对父亲也没有特别深刻的印象。但是，随着年龄的增长，他越来越深刻地理解母亲的心情。记得小时候，嘉庚在村中的大榕树下，听过海伯公讲过牛郎织女的故事，回家后，他把听来的故事讲给母亲听，母亲一听就抱着嘉庚哭，说："阿母还不如织女呢！阿母可比织女还苦！"从那时起，嘉庚就隐隐觉得母亲的苦楚了，从此再也不敢在母亲面前提牛郎织女的故事了！甚至伙伴们一讲起这个故事，就会触到嘉庚内心的隐痛。

这么多年来，母亲对父亲是又爱又恨。是啊！父亲是不是太无情了？十多年了，总共才回家三次，他是不是不把妻儿挂在心上啊？他在心里时时涌起牵挂父亲的爱，却也时时泛起对父亲无情的恨！

到了农历的年底，陈缨杞如约回家了。这次，当陈缨杞双手提着两个大木箱、满脸堆笑地站在家门口时，孙秀妹喜悦的眼泪一下子涌了出来，她来不及擦拭泪水，就奔出去帮丈夫提箱子。由于箱子太重，一个箱子她都提得很吃力，只好半蹲着挪动脚步，边挪边朝嘉庚喊："阿庚啊，你阿爸回来了，快！快来帮忙搬箱子！"

嘉庚愣了神，他一直盯着父亲端详，寻找熟悉的记忆，母亲这一喊，他才起身跑去帮忙。此时，幼小的仙草并不知道外面发生了什么，自顾自玩得不亦乐乎。

陈缨杞把另一个箱子也提进房间，这个箱子装的是他自己的衣物和贵重物品。待放置好后，他来到厅堂，把母子俩搬进来的箱子打开。哇！这真是百宝箱啊，里面真是什么都有：有穿的，有吃的，有玩的……本来还自顾自玩的仙草妹妹，连忙凑过来，少不更事的她对这个陌生的阿爸又是亲又是抱，高兴得都合不拢嘴，把吃的玩的用手捧起来，生怕别人跟她抢似的。

这一天，这个破旧的房子似乎承载不了太多的幸福。幸福和快乐从这个破房子里溢出来，盈满了村子的里里外外，盈满了大地和天空！从陈缨杞进屋后，孙秀妹就给丈夫沏好茶，然后静静地坐在丈夫的旁边，听丈夫讲述漂洋的故事，偶尔她也会问上几句，然后继续静静地聆听。

嘉庚明白，母亲和父亲有太多话要说了，为了不打扰父母的谈话，他拿着父亲带回来的玩具，陪着妹妹在旁边玩起来。直到吃完晚餐，仙草玩累了睡着了，父亲才把嘉庚叫到跟前，说："阿庚啊，你以前还小，不会理解阿爸所做的事，对父亲可能有些误解。我今天看到你长大，真的很欣慰，有好多话想跟你说。其实，许多华人在南洋做生意都非常辛苦，不是为了生活，谁愿意背井离乡……"

说着，陈缨杞不由得哼唱起来：

番客有支歌，
番邦趁食无投活；
为着生活才出外，
离父母，离某子。
三年五年返一摆，
做牛做马受拖磨；
想着某子一大拖，
勤俭用，

不敢乱使花……㉒

"阿爸，你在唱什么……"

"阿爸在哼一首民谣，唱得可真实了……"陈缨杞的眼角早就湿润了。

嘉庚静静地听着，待父亲沉默时，他轻轻地问道："阿爸，为什么闽南人这么多人要过番？"

陈缨杞感觉在儿子面前有些失态，连忙伸手擦掉泪花，想了一会儿，缓缓说道："因为闽南地区靠海，面向太平洋，比如，从我们的杏林湾和马銮湾出海都可以直通外洋，我们闽南地区有天然的地理优势啊！"

"那为什么非要过番呢？在家乡不好吗？"

听了嘉庚的问话，陈缨杞连叹几口气！他理了理思绪，语重心长地说："阿庚啊，其实，过番并不是我们渴望的，华人过番是一段多么苦难的血泪史啊！如今，国内时局动荡，内忧外患，在海外反而有较安定的创业环境和创业条件，只要肯付出勤劳和

㉒ 番客，客居海外的人。番邦，外国。趁食，赚钱。无投活，没有办法。离某子，离开老婆和孩子。一摆，一次。乱使花，随便乱花钱。全诗为闽南语民谣，大意是：在客居海外的华人中，常常流行一首歌，歌是这么唱的：我们这些客居海外的人，漂泊海外赚钱，也是不得已的事，都是因为生活窘迫才选择外出。一旦来到国外，离开父母，离开老婆和孩子，只能孤零零一个人漂泊海外。为了省点钱，三五年才回家乡一次，在异乡就如同做牛做马，日夜操劳。但是，回想家乡的老婆和孩子一大拨，感觉身上的担子就更重，平日生活就更省吃俭用了，辛苦赚来的钱也不敢随便花费。

艰辛，相比自己的家乡，更有机会获得更多的生活物资。这就是众多华人宁愿背井离乡、抛家舍业地过番的真实原因啊！"

嘉庚似乎理解了。经历了这么多年的农村生活，嘉庚心里很清楚，多少年来，国家经历了无数动乱、兵变、瘟疫、天灾、外国势力的入侵、自己本民族的弱肉强食、强权对百姓的欺压、国家的积贫积弱，又有哪一家贫民在自己的土地上靠勤劳换来了幸福的生活呢？在梦里，父亲曾经是那么高大伟岸，可眼前呈现的是这般瘦黑瘦黑的模样，岁月的沟壑已经爬上他的脸，几丝白发也爬上他的头，这是一位多么普通的父亲啊！就是这样一位普通的父亲，用他勤劳的双手，撑起了这个积贫的家！

嘉庚仔细地端详着父亲：目光炯炯，神情坚毅，说起话来，自信中带着忧伤……他的眼眶也湿润了，眼睛也模糊了。他似乎看到成千上万的父亲，在兵荒马乱中、在灾难中、在瘟疫中，有的拉着板车，有的扛着麻袋，有的挑着重担……他们无不艰辛地、饱受磨难地漂洋过海，背井离乡，风餐露宿，努力打拼，不都是为了创造更加美好幸福的生活吗？

第十六章　拜神拜师写春联

最让嘉庚和仙草兴奋的是，1887年的农历年，父亲陈缨杞留在了集美，陪他们过了一个团圆的年。这也是他们一生中唯一一次在集美度过的全家团聚年。

闽南有句古谚：送神风、接神雨。在闽南地区，腊月廿四是"送神日"，家家户户要在腊月廿三恭送灶王爷上天"言好事"，这天的天气有风，就是"一路顺风"；正月初四是"接神日"，要迎接灶王爷下凡，如果有雨，则昭示来年风调雨顺。关于腊月廿四，集美人还有一个"除尘"习俗，就是当天送走家里供的"灶王君"神后，才能百无禁忌地放心做卫生，所以这一天也叫"除尘日"。

那时，差不多家家户户灶间都设有"灶王爷"的神位。传说他是玉皇大帝封的"九天东厨司命灶王府君"，人们尊称为"司命灶君"，负责管理各家的灶火，被作为一家的保护神而受到崇拜。传说，灶君必须在腊月廿四赶赴天庭，到玉皇大帝面前报到，同时汇报人间的善与恶。于是，人们提前一天在腊月廿三晚上为灶君送行，为了让灶君不"乱言事"而"言好事"，便供奉灶王以"糖瓜""南糖"等用麦芽制成的糖，希望用这种甜蜜的"封条"粘住灶君的嘴。

这一天，孙秀妹摆好贡品，贴好写有"春"和"司命灶君"的红纸，就招呼全家人一起祭拜。祭拜时，孙秀妹分给大家每人三炷香，并让大家左手在上、右手在下握住香，高举过头顶作揖三次。然后她收了香，自己一个人念念有词："今年又到廿三，敬送灶君上西天。有壮马，有草料，一路顺风平安到。供的糖瓜甜又甜，请对玉皇进好言。"然后拿上早已准备好的鞭炮，到厨房门口燃放，至此，才算把"灶王爷"恭送完毕。

第二天，也就是腊月廿四，孙秀妹带上仙草妹妹忙着到各个庙里拜神；陈缨杞则带上陈嘉庚，拜访了陈令闻先生。

这是同村宗亲聘请邑庠生陈令闻当私塾先生以来，陈缨杞第一次回到故里。其实，早在聘请之前，陈缨杞已跟同村宗亲一起为此付出了努力。陈缨杞虽然对陈令闻先生早有耳闻，但从未谋面。所以，陈缨杞特地准备了一些南洋特产，大清早就让嘉庚拎着赶往陈令闻先生住处。二人刚踏进陈令闻先生家，就见其正全神贯注捧卷晨读。陈缨杞示意嘉庚止步，二人安静地站在门口，直到陈令闻掩卷站起，才发觉陈缨杞父子。于是，陈令闻小跑上

前，紧握住陈缨杞的手，甚是高兴，说道："稀客稀客！快！屋里请！"

待双方坐定，陈令闻热情泡起了闽南工夫茶㉓，与陈缨杞边品茗边寒暄，嘉庚则静坐聆听，其乐融融。席间，陈缨杞对陈令闻先生相当尊敬，不时说道："犬子的读书大事，就有劳陈先生费心了！"

陈令闻对嘉庚则是赞不绝口："不敢不敢！令郎天资聪颖，读书刻苦，将来考取功名，光宗耀祖，指日可待啊！"

双方聊到晌午，陈令闻热情留饭，陈缨杞一再推辞，于是互相道了别。这场谈话，陈缨杞不时以身言教，教导嘉庚要懂得尊师重道，嘉庚默默记在心底。

回到家，二人匆匆吃过午饭，陈缨杞就带上嘉庚去集市采买过年的用品。集美人办年货，种类很多，春联、窗花、祭祀用品等必不可少，蜜饯、水果、炸糕等也要备齐。末了，陈缨杞还特地买回了红纸，嘱咐嘉庚要自己写春联。以前，嘉庚还小，过年的对联都是孙秀妹请海伯公写的，每逢年底，海伯公就轮流给各

㉓ 工夫茶：是闽南人生活中不可或缺的一部分，陶壶置满茶，冲以沸水，此时即有一股殊香扑鼻而来，正是未尝甘露味，先闻圣妙香。有朋自远方来，飨以工夫茶，以茶会友，以茶交心，以茶叙事，以茶论道，确是一种表示敬重客人的生活艺术。目前在福建泉州、漳州及厦门，潮汕一带和台湾地区，仍沿袭传统的工夫茶品饮方式。工夫茶是一种泡茶的技法，其泡茶方式极为讲究，操作起来需要一定的功夫。此功夫，乃沏泡的学问、品饮的功夫，好的工夫茶方法可以说是一种融精神、礼仪、冲泡技艺、饮茶艺术、评品茶质为一体的完整的茶道形式。

家各户写春联。每次海伯公来嘉庚家里写，嘉庚就负责磨墨、裁纸，最重要的是观摩学习，他会默默记下每一笔每一画的书写技巧。可以说，正是有了海伯公的启蒙，日后，嘉庚的书法才写得笔墨沉厚，骨韧肉丰，很有气势。

腊月廿五，陈缨杞早早叫起嘉庚，他早已裁好红纸，磨好墨，就等嘉庚起来写春联了。那时，嘉庚的字虽然写得不算很好，但相对其他同学还是相当不错的。在嘉庚蘸墨前，陈缨杞想考考嘉庚，便问道："阿庚啊，你知道过年为什么要贴春联吗？"

这个问题可难不倒嘉庚，他在书上读到春联的来历，便侃侃答道："阿爸，我知道。古时候，人们是在门的两边挂桃符避邪的。到了五代十国时期，后蜀主孟昶就在桃符上题字：新年纳余庆，佳节号长春。这就是我国的第一副春联。到了明朝，朱元璋要求家家户户贴春联，贴春联就这样成为过年的习俗了。"

陈缨杞一听，心中甚是欢喜，他欢喜的是儿子博览群书，学有所成。于是，他也不再发问了，而是鼓励嘉庚，把全家要张贴的对联全部写完。写完的春联，把屋里的大厅全铺满了，显得年味更重了。

从腊月廿六开始，嘉庚一家因为有了父亲陈缨杞在场，准备年货更繁忙了，过年的氛围更浓了。幸福与快乐，天天充溢着四口之家。

第十七章　走亲拜神度新年

爆竹声中，丁亥年在热闹中度过！在闽南地区，从正月初一到正月十五，有很多风俗和禁忌。闽南有句古话："不过十五不过年。"说的就是，正月十五还没来到之前，天天都是在过年。

初一一早，一家人起床梳洗后，穿上新衣，陈缨杞就领着嘉庚去给阿公阿婆、伯叔姆婶拜年。陈缨杞毕竟多年才回家一次，因此至亲的要去，当年和他要好的发小儿也要去。去一家，总有说不完的话，不知不觉，一天很快就过去了。直到晚上，嘉庚才扶着醉醺醺的父亲回了家。

初二是"女婿日"，这一日，女婿要携带妻儿回岳父岳母家拜年。在以前，女婿拜年可不能两手空空，须送上鸡、猪脚面线、猪肚、糕粿等丰盛的年货，然后欢欢喜喜地在岳父岳母家吃一顿团圆饭。陈缨杞自从婚后就出洋，因此多年没有去岳父母家拜年了。这次陈缨杞归乡，是全家最团圆的一次。因此，吃完早饭，陈缨杞带上孙秀妹早早准备好的礼品，一家人就笑逐颜开地赶往孙秀妹娘家。一路上，最开心的当属仙草，她手舞足蹈，欢歌笑语。听闻多年未见的女婿回来了，孙秀妹的爹妈更是欢喜，大清早就备了一桌丰盛的酒菜。那一晚，翁婿喝到大半夜，席间称兄道弟的，把全家人都逗乐了。第二天，除了女人早起忙家务活儿，其他人都睡到日上三竿才起床。不过，闽南有句顺口溜："初一早，初二早，初三初四睡到饱……"初三初四不睡晚点，那就不是过年了。

初四是"迎神日"，男人们继续访亲友；女人们则忙着拜神明；孩子们开心地耍鞭炮，放烟花，大家都忙得不亦乐乎。

热热闹闹到初九，家家户户拜"天公"。在民间，"天公"指的是玉皇大帝，传说正月初九是他的生辰日。闽南人敬神，"拜天公"的规格极高，其他祭拜活动只要把供品放置于桌上即可，而"拜天公"时则需要在桌上加高一层来放置供品，以显天公地位尊贵。通常来说，"拜天公"仪式从正月初九凌晨开始，由家中长辈领着晚辈，人手四根燃香跪拜之后，依照长幼顺序上香。这天凌晨，孙秀妹点好香分给众人，让陈缨杞站在前面，她站在后，再依次是嘉庚和仙草。

拜完之后，陈缨杞去泡早茶，孙秀妹点燃红烛灯，带着孩子烧银㉔。烧银期间，天真的仙草好奇地问嘉庚："哥哥，你见过

㉔ 银，这里是闽南人对银仔纸的称呼，即纸钱。闽南人敬鬼神，不管祭祀祖先，还是敬拜神明，都要烧香烧纸钱。

玉皇大帝吗？"

孙秀妹一听，还没等嘉庚开口，就连忙捂住仙草的嘴，满脸紧张地说道："小孩子别多嘴，神明是不能乱说的！"说完，还不忘拱手祷拜。

见母亲如此神情，嘉庚忍不住笑了。泡着茶的陈缨杞转过头，笑着说："小孩嘛，童言无忌。"

孙秀妹摇摇头："那也不行！对神明一定要心怀敬畏，要从小培养孩子仁心向善，远离邪恶。"

孙秀妹一番话，陈缨杞也是啧啧称赞，连忙转口对孩子说："孩子们，阿母说得在理啊，你们都要听阿母的话，对神明要有敬畏之心啊！"

关于神明在哪儿，嘉庚本来也有和仙草妹妹一样的疑惑，可是父母的对话让嘉庚感觉更神奇了："那神明是真的存在吗？"

孙秀妹一听，严肃地说："当然！俗话说，举头三尺有神明。人在做，天在看，我们所做的一切都要合天理，才能把事情做得成功。违背天理的事是不能做的，否则就要被惩罚！做事就必定会失败！"

嘉庚和仙草虽然不是很明白，但他们从父母的对话中学到了善良。

这一年中，比除夕夜还热闹的，当属正月十五闹元宵。这一日，集美当地举行了盛大的向天宫祈福仪式，当天，从清早开始,踩高跷的、耍龙灯的、舞狮子的……各种表演,应有尽有。街道上人山人海!拜神明的,猜灯谜的,游花灯的……嘉庚和仙草匆匆吃完早饭,就跑去庙里看"穿灯脚"㉕。

陈缨杞则带着孙秀妹来到祠堂,给祖宗神位上了香。上香的时候,他嘴里念念有词,表情虔诚,许久,才把已经燃了一小截的香插到香炉上。上完香,夫妻俩走出祠堂,准备找寻孩子会合,却发现街上早已花灯如潮,热闹极了!陈缨杞祭拜祖先时严肃的表情,一下子被眼前的热闹景象点燃了,他咧开嘴,笑得特别开心。

原来,闹元宵的舞龙狮就要开始了。随着人潮的涌动,陈缨杞的兴趣愈来愈浓,离乡太多年,这种独具家乡味的表演,让他感到特别亲切,也特别激动。不知何时,嘉庚和仙草已经挤到陈缨杞夫妻俩跟前了,嘉庚还好奇地大声问道:"阿爸,你会舞龙舞狮吗?"

陈缨杞自豪地说:"我年轻时也舞过狮啊!可别说,我们祖上原来可都会舞狮的,可是到了阿爸这一代,因为出洋的缘故,才放下这个活儿。如今,阿爸快二十年没舞过狮了!唉,真是可

㉕ "穿灯脚"是闽南特色的地方习俗,即在元宵夜里,村中新娶进门的新娘子和当年生男孩的小媳妇,必须穿红着绿,打扮一新,在婆婆或其他年岁大的老妇人陪同下,手拿吉祥物,口说吉利语,从大祖祠堂的灯棚下走过,一展风采。之所以这样做,目的在于向祖宗,也向乡亲介绍新媳妇。至于已生男孩的小媳妇也要"穿灯脚",目的在于告慰祖宗。

惜啊！"

嘉庚说："阿爸，要不你再去舞一回吧！"

陈缨杞想了想，久违的冲动在心中兴起：是啊，何不趁此机会再过把瘾！于是，他自己走过去对舞狮帮的领队说明了自己的愿望。那领队一听，理解了陈缨杞的心愿，于是走到狮子的前面做了一个停的动作，狮子就停了下来，然后招呼陈缨杞过去。

陈缨杞接过狮头，立刻舞动起来。陈缨杞虽然多年没有舞过狮了，但年轻时已经舞得滚瓜烂熟的记忆立刻就在脑海中复原了。只见他随着锣鼓的节奏舞得铿锵有力，招招劲道，让围观者群情激越，一片喝彩！而在围观的孙秀妹、嘉庚备感荣耀，仙草更是拍手叫好！

这一夜，一家人都依依不舍的，直到深夜才回家。两个孩子实在玩得太累了，很快就睡了。

夜深了，静悄悄的，只听得男声说道："你生的这个儿子呀，懂事，稳重，将来一定会有出息的！"

女声惊讶回道："你……你不会……是要带他……出番吧？"

夜沉默了，再没发出任何声响，忽然，灯灭了。

这个年也就这样过了！

第十八章　知儿莫如慈祥父

时间一转眼就到了 1888 年，嘉庚十五岁，仙草六岁了。

阳春三月，草长莺飞，春风送暖燕子归。不经意间，绿草满布了集美村野的田沟，满布了乡村小道，满布了河道两旁。此时，弯弯的田埂层层铺叠，乌亮而柔顺，如幔带飞舞；田野上，麦苗返青，一望无际，仿佛绿色的波浪；那金黄色的野菜花，在绿波中闪光……这是纯朴的农民描绘的春天的杰作！

集美是一个盛产龙眼的地方。每到阳春三月，集美村到处鸟语花香，而村间的龙眼树就开始抽穗开花了。龙眼花穗抽出后，穗轴的幼叶逐渐展开、长大，叶色也逐渐变绿。此时，正是春耕时节，乡亲们也开始播种插秧了。

陈缨杞决定插完稻秧后再返回南洋。离开家乡二十多年了，陈缨杞就没有踏入家里的田地，也不是他不想，实在是因为他每次回乡都太匆忙。所以，这一次他决定好好陪妻子和孩子，一起春耕，珍惜一家人团聚的喜气。

孙秀妹早早播下的稻秧，已经日见浓绿了，正等着庄稼人拔起分插到各处的田间。嘉庚常帮母亲干农活儿，早已是插秧的好把式，而多年没有接触插秧的陈缨杞，反倒陌生了，很多活儿的细节都要孙秀妹和嘉庚提醒，才能唤回那些遥远的记忆。插秧的时候，也被孙秀妹和嘉庚远远地甩在了后边。此时，看着落后的陈缨杞，孙秀妹忍不住笑道："阿杞，你看你，干农活儿连儿子都不如啦！"

陈缨杞抬起头，看着嘉庚老练的身影，心里既欢喜，又不服气："阿庚真是个好孩子，不过，以后要是到了南洋，对这块土地很快就生分了。"

孙秀妹一听，悲从中来，应道："你去南洋做你的商人就罢了，可别把阿庚再从我身边拉走！"

见孙秀妹忧伤起来，陈缨杞沉默了，他知道这些年孙秀妹一个人守着家，又带着两个孩子，实在不容易，孩子可是她的希望啊。可是，这一块偏僻的故土，怎么能让孩子发展呢？想到这些，陈缨杞心情也很沉重，不免自言自语："总不能为了爱，就把孩子限制在这里啊！"

虽然陈缨杞声音不大，但孙秀妹还是听到了，她叹了口气，两行热泪就滚落了下来。陈缨杞一看又说到孙秀妹的悲伤处了，不敢再接话，连忙放下手中的秧苗，走到孙秀妹的身边，擦去她的眼泪，安慰说："我知道你的苦楚！今天，我们先不说这事了好吗？"

此时，正忙插秧的嘉庚，见父母这边情况有些异样，连忙走了过来。孙秀妹匆忙用衣袖擦拭泪水，眼角一下就展露出笑容："阿庚啊，你干了这么久，歇息一会儿，歇息一会儿！"嘉庚忙点头应诺，坐在田埂边喝起了水。

陈缨杞见嘉庚坐了下来，也走过去坐在他的身边。孙秀妹心里清楚，孩子已经长大了，应该让他跟父亲多接触交流，就擦着泪花故意走开忙活去了。

"阿庚啊，以后有什么打算啊？"陈缨杞先打开了话题。这么多年来，陈缨杞还是第一次和儿子坐在一起谈心，气氛显得有些尴尬，但也不失和谐。

"不离故土，陪着阿母，在这里干一辈子，可以吗？"

陈缨杞一怔，许久，他才明白过来，孩子是在表达一种情绪，为了不破坏这种氛围，他镇定地回道："不行！"

"努力读书，像我们的老祖宗陈文瑞一样，考取功名，光宗耀祖？"

陈缨杞摇了摇头，认真地说："现今国家内忧外患，内因清政府政治腐败，官吏贪污腐化、生活堕落，军队废弛，科技文化落后，社会经济落后，人民极端贫困；外有帝国主义列强对华虎视眈眈，随时准备侵略和瓜分中国！时局如此动乱，怎能让你安

心读书？"

一席话，说得嘉庚垂下了头，他原本带着的情绪也被父亲的深刻分析给折服了。其实，平日里他热爱读书，也了解一些国家大事，对于未来，他更是忧心忡忡。父亲寥寥数语，却句句直击心灵。"那么，阿爸，我该怎么办呢？"

陈缨杞拉起嘉庚的手，放在自己的手心，然后语重心长地说："阿庚啊，好男儿志在四方，要不，你跟阿爸出去闯一闯，开阔开阔视野，历练历练心志。日后闯出一片天地，再回来报效祖国、回馈家乡，不也很好吗？"

嘉庚沉默了，他抬起头，眼光注视着前方，前方是山，山的尽头是海，海的尽头是……

第十九章　依依难舍道别离

四月的乡野，一眼望去，满目都是绿色。人间四月天是诗人的浪漫情怀，乡野的农人可没那么多闲情雅致。天蒙蒙亮，他们就扛着锄，或担着担，或挑着畚箕，在田间的田埂上走动，点缀着这一望无垠的绿。雾在田野上飘浮着，如梦似幻，为夏日之绿增添了朦胧之美；晨露晶莹地挂在油翠的绿叶上，给人一份清新、一份生命的活力；银丝般的小蛛网偶尔也结在绿叶间，绿树上一些小鸟也唱起动听的歌，仿佛有意为夏绿唱起蓬勃的生命之歌！

这夏绿，油润稠厚，鲜活清爽，却没有让嘉庚一家开心起来。

吃早餐的时候，孙秀妹就喊住孩子们，今天休工一天。

正欲牵起牛绳的嘉庚返身回来，正想找小伙伴玩耍的仙草也返身回来。孩子们用惊奇的眼神看着母亲，心里犯嘀咕，这么好的天，母亲是怎么啦？

"你们阿爸吃完早饭，就要回南洋了！你们跟阿母一起送送……"话没说完，只见她掩袖抽泣，怕孩子看见又匆匆转身走进房门，许久才满脸堆笑地帮父亲收拾行李。而母亲那无法擦干的泪痕，却映入了嘉庚的记忆。

陈缨杞的这一餐早饭，吃得特别缓慢，孙秀妹和孩子们似乎等了一辈子。正所谓：快乐的日子总是觉得短暂，痛苦的日子总是觉得漫长。有多少次，孙秀妹的眼角就忍不住滑下两行热泪。陈缨杞吃完早餐，日头已经爬上树梢，于是，孙秀妹和嘉庚帮忙拎一些行李，仙草在后面摇摇晃晃地跟着，一家四口往渡口走去。

路上，除了仙草天真无邪，走路一蹦一跳，其他三人都沉默着，气氛显得很是沉重。为了缓和气氛，嘉庚打破僵局，问陈缨杞："阿爸，这次下南洋几时能再回来？"

陈缨杞叹了口气，说："难说啊！阿爸也希望多回来看看你们，可是，待阿爸回到南洋，一堆事就缠着我脱不开身啊！"

两人一问一答，不一会儿，就来到码头前。此时，码头上人来人往，一些装卸工人正在往船上搬运货物。送别的人和出洋的人密密麻麻地站在岸边，有失声痛哭的，有拥抱缠绵的，尽是悲伤的离别场面。陈缨杞把行李提在一起，望着眼前的妻儿，心中不由得万千感慨，若不是为了生计，谁愿漂泊海外啊！这一想，泪水情不自禁地流了下来。

孙秀妹站在原地哽咽，一句话也说不出来。这个场面，她经历了多少回，她真想不明白，何时才是尽头？有时，她也想跟着丈夫去南洋闯闯，可是，这个故乡的家谁来看啊！㉖更何况，如今又添一儿一女，她怎么离得开这片故土？

伤心之际，码头上有人举着铁皮喇叭，高声喊道："请大家赶快上船，开船的时间马上到了。"

于是，陈缨杞擦了下眼泪，提起沉重的行李，转身缓缓上了船。此时，嘉庚因为前不久与父亲的聊天，关于未来，他更是心事重重，一直怔在原地，特别是看到远去的渡船，他更是思绪飘零。

就在这时，仙草忽然尖叫起来："阿爸，阿爸，你不能走！我不让你走！"话刚说完，就随着人流，噔噔噔冲上跳板，一把抱住父亲陈缨杞。这一抱，让陈缨杞的离别之愁更是涌上心头，泪水决堤般大颗大颗往下落。

"请大家赶快上船，开船的时间马上到了。"铁皮喇叭的声音再次响起。

岸上的孙秀妹和嘉庚慌了，连忙朝着陈缨杞招手致意，大声喊着"仙草"，可是仙草就像贴在身上的膏药，紧紧抱着陈缨

㉖ 在闽南乡俗里，一户人家不管多少人外出，总要有人留守故乡，一是守住旧厝，即祖屋，一是逢年过节祭祖。如果全部人外出，在闽南人看来，这户人家就基本散了。

杞，感觉一松手，她就再也找不到父亲了。

"请稍等！请稍等！有一个小孩要下船！"陈缨杞有些慌了，连忙大声呼喊。

此时，孙秀妹和嘉庚已经冲到船舷，他们手够不着，孙秀妹只好喊着劝阻："仙草，我的好女儿，听阿母的话，赶紧下船！"

仙草果断地摇摇头说："我不，我就不下船，我要跟阿爸回南洋。"

"为什么呢？"陈缨杞不解地问。

仙草松开双手，握着小拳头，说："我是花木兰，我要替父从军。"

"可阿爸不是去从军，阿爸是去做生意……"

"做生意怎么经常不回家，只有从军才要很多年！"

……

"请大家坐稳，船马上要开了！"

"快快快！把仙草抱下去！"说话间，陈缨杞已经把仙草抱到船舷边。孙秀妹赶紧抱紧仙草，从陈缨杞的怀里硬扯下来。不一会儿，渡船的汽笛声响起，仙草的哭声也尖锐地响彻云霄。

直到渡船消失在大海中，孙秀妹才带着嘉庚和仙草返程回家。哭累的仙草困了，孙秀妹把她扛在背上，可是没走多久，胃就特别难受，她连忙放下仙草，却干呕不断。直到后来，孙秀妹才明白,这一次与丈夫的相聚,她又有了身孕,后来生下了陈嘉庚的弟弟陈敬贤。

见母亲如此难受,懂事的嘉庚连忙抱起仙草,像扛麻袋一样把仙草扛在肩上。此时,嘉庚已经是个大小伙子了,抱仙草的气力还是绰绰有余的。回家的途中,他走着走着就回头看一眼大海,也许,在他的心里也开始埋下一个梦想:

有朝一日,我也要踏出这片土地!

第二十章　好看集美扒龙船

随着陈缨杞的离开，生活很快又恢复了平静。一转眼，就到了端午时节。

端午节是闽南地区隆重的传统节日，也称"五月节"。五月初四这天，闽南人就开始包粽子。闽南地区的粽子以半熟糯米油饭加充足用料闻名于世。喜欢美食的闽南人，先折好提前一天浸泡好的箬叶，放上糯米油饭，把各种爱吃的料添加进去，包好，再用从海岸边摘回晒干的马莲草一捆，一个独具地方特色的闽南肉粽就大功告成了。通常情况下，一家男女老少围在一起包粽子是最幸福的事，这天，嘉庚一家人也不例外。太阳刚下山，孙秀妹就把准备的食材全部端在桌上，嘉庚学着母亲的样儿，包得工工整整。仙草就是捣蛋的，她把食材整得满桌子都是，包出来的粽子也是奇形怪状，惹得孙秀妹和嘉庚笑得合不拢嘴。

不过，闽南人的习俗，家里带丧的是不能包粽子的，亲人朋友会在这一天送来粽子,所以带丧人家里吃的是"万家粽"㉗。

闽南人的端午节还有一种习俗到现在还有,就是在家门口插榕青和艾草用来辟邪,这有别于其他地方端午节悬菖蒲挂艾叶。据说,过去闽南地区风沙肆虐,植物很难成长,难以寻觅到菖蒲、艾叶。倒是耐旱又生命力顽强的榕树长得很茂盛。于是,端午节辟邪驱凶、消灾禳祸的神圣任务就落在榕树身上了,意思是"插榕枝身体矫健如龙,插艾草手脚灵活健康",俗称"插榕插乂,手脚勇健"。

当然,最热闹的当属扒龙船,也就是龙舟赛,有一首闽南童谣这样描述龙舟赛的热闹场面:

五月节,扒龙船,大人孩子哗哗滚㉘。
海面一排四只船,岸上人马一大群。
比赛开始哨子吹,桨起桨落水花喷。
敲锣敲鼓做后盾,满头大汗争冠军。

集美的龙舟赛源远流长,当地人称为"别艄舳",发音跟"扒龙船"有一点差异,"别"字在当地方言就是"争斗"的意

㉗ "粽"闽南语发音和"葬"相同,"送粽"念出来就和"送葬"一样,是很不吉利的。因此,闽南当地的习俗,端午节不送粽子,客人可以在家吃,就是不能带走。但带丧的人家是不能包粽子的,同村里的亲朋好友则会送粽子给他们,收到粽子也会给人家回礼,一般是饼干、糖果等小甜食,这种浓浓的乡情在端午节里更显珍贵。
㉘ 哗哗滚,闽南方言,形容非常热闹。

思，因此"别艁舳"就是通过争斗来比赛夺标。这一日，乡人到海边的龙王宫㉙祭祀龙王，请圣水为龙船点睛，奠安洗净。

已经十五岁的嘉庚和年龄相仿的嘉宝，因长得精壮，双双被选为龙舟赛的选手。孙秀妹得知消息，心里既忧又喜，忧的是嘉庚年纪尚小，扒龙船可是力气活，争斗难免有危险；喜的是嘉庚已经长大成人，可以参与陈氏家族大事了。到了要登船的时候，她拉着仙草匆匆赶到嘉庚身边，千叮咛万嘱咐："比赛千万不要意气用事，能不能夺标是小事，安全才是大事。"说完，她看着嘉庚登上了龙船，眼里是不尽的担忧。

浔江两岸早已人山人海，对于今年哪条龙船能拿冠军，大家更是议论纷纷。浔江上，装扮得五彩缤纷的八条龙船窜来窜去，此时鼓声喧嚣，选手们和着鼓声正在调试扒龙船的节奏。龙船按规定每船限十五个选手，比赛时，船头一人打鼓指挥，两边各七人同时划桨。八条龙船分为两轮进行比赛，嘉庚和嘉宝扒同一条龙船，并且被分到头轮比赛。

忽然，锣声暂停，听得有人呼喊："先行的四组选手马上将

㉙ 集美的龙王宫现为厦门地区仅存的为祭祀龙王而建的最古老的、保存明清两代文物最多最完整的古寺庙，始建于唐、五代年间，至今香火延续千年有余。当年先民开基集美，东祀天妃，西祀龙君，明清重建，香火鼎盛一时。19世纪20年代，陈嘉庚倡建的同集公路建成后，集美始建码头得以开发，龙王宫也因交通改善而得以延续香火。1948年底，陈嘉庚之弟媳王碧莲出资重修扩建。1994年，集美海内外陈氏族人集资再修。

船行至起点！比赛马上开始了！"于是，头轮比赛的四组选手立刻将船划回起点。嘉庚想起母亲的嘱咐，一边划桨，一边对身边的嘉宝说："待会儿比赛，我们一定要注意竞争的龙船，如果他们蛮争，我们要先保证安全！"

嘉宝不以为然地说："没事，我昨晚还做梦呢，梦见我们的船飞起来了，所有的船都追不上我们的船！对了，我早上起床眼皮子就一直起跳，怎么回事？"

嘉庚想起母亲常说"眼皮跳，有预兆"，便对嘉宝说："看来，我们还真得小心了。"

嘉宝点点头，应道："好，我知道了！"

说话间，船已到起点，四组选手个个摩拳擦掌，蓄势待发。浔江两岸瞬间安静，人群也一下子悄无声息。突然，三声铳响划破天际，四条龙船如箭一般向锦标处驶去。顿时，鼓声此起彼伏，声声响彻云霄；岸上观看的人群，鼓劲声和壮势声如排山倒海，一浪高过一浪。不一会儿，就剩嘉庚所在的陈氏龙船和另一别姓龙船齐头并进了，即使偶尔因为靠太近而船桨摩擦，选手们也会马上调整过来奋力向前。一会儿陈氏龙船在前，一会儿别姓龙船在前，岸上的人更是看得心惊肉跳，惊声连连！最后，由于经验不足，陈氏龙船还是落后了，别姓龙船先越过了终点线。最终，综合了两组的成绩，嘉庚所在的陈氏龙船获得了第三名，虽

▌ 20世纪50年代,陈嘉庚投建了我国第一个龙舟竞技赛专用人工池,那时还没有护栏,学子们在龙舟池畔弹唱

▌ 20世纪60年代的集美龙舟赛

然有些遗憾，但也是对年轻人的莫大鼓励。

从此以后，嘉庚与集美的"别艁舢"结下了不解之缘。㉚

㉚ 据了解，陈嘉庚酷爱龙舟赛，他归乡后特地在集美修了个龙舟池，并于1953年开始举办龙舟赛。陈嘉庚先生在世时，前后举办了十一次龙舟赛，他亲自主持了七次龙舟赛。陈嘉庚逝世后的1987年，集美曾举办首届"嘉庚杯"国际龙舟邀请赛，除国内代表队外，还有澳大利亚、日本等国的龙舟队参赛。后来，由于种种原因，比赛断断续续。

第二十一章　汀州书商学问多

端午一过，便是农忙时节了。当时，集美农人除了种水稻，也会根据季节添种香蕉、甘蔗、地瓜、花生等主要农作物。其中，花生大约于8月底开始收成。从嘉庚九岁起，每逢花生收成时节，孙秀妹就带着嘉庚挑着摘好的花生到同安去让人收购。有时候，收购价格太低，他们也会一路叫卖。在叫卖中，嘉庚渐渐知道了买卖生意的一些粗浅道理。

这年秋天，因为母亲孙秀妹有身孕，十五岁的嘉庚只好担起重任，独自一人挑着花生到同安卖。秋日的艳阳虽不似夏日热辣，但重担挑久了也是令人又热又乏，还没到同安，汗水就不断从他的脸颊流下，湿透了他的衣衫。到了一处供行人歇息的路亭，他停下来歇息，准备等歇足了力气再继续赶路。这时，他看到一个中年人，带着一个也是十五六岁的少年在路亭边的树干上拴马，马共四匹，马背上驮着很多沉重的箱子。拴好马后，这二人也走进路亭歇下，不停地用草帽扇着头上的热汗。

嘉庚很是好奇，用疑惑的眼光一直注视着二人。中年人注意到了，就问道："小兄弟，年纪不大能挑这么多花生，力气不小啊！也是到同安的吧？"

嘉庚看那人和气善意的脸相，笑着答："是啊，到同安去卖花生。"然后转头看了一眼马背上的箱子，好奇问道："您两位哪儿来的？马上驮的是什么呀？"

中年人答道："小兄弟，汀州府听说过吗？我们是从好远的汀州府来的呢！马上驮的箱子装的可是满满的书啊。"

嘉庚应道："我在书上看过，福州、建州、泉州、漳州、汀州，都属于我们福建。不过，我都没去过。对了，您是卖书的？"

中年人笑着说："对啊，我的家乡很多人以印书为生，我们祖祖辈辈都是印书卖书。在同安，我们还开了书店。"

嘉庚一听到书，立刻起了浓郁的兴趣，说："那你们都印些什么书呀？"

中年人道："什么书都印。"说完，他也好奇地盯着嘉庚："你喜欢读书？"

"我可喜欢了！到了同安，我可以到你们的书店看看吗？"

"当然可以啊！"中年人听嘉庚说喜欢读书，心中甚是欢喜，便拉着身边的少年介绍道，"我叫邹圣庸，这是我儿子，也很喜欢读书，叫邹作成。你们都是年轻人，以后做个朋友如何？"

"那当然好了。"嘉庚高兴极了，连忙跑到少年面前，拱手行礼，"我叫陈嘉庚，本县集美人，以后大家就是朋友了！"

少年拱手回礼，并答道："他乡遇知己，幸事！幸事！"

就这样，嘉庚便与邹圣庸父子二人结伴而行，向同安进发。一路上，邹圣庸还帮嘉庚把花生放到马背上，省了嘉庚很多体力。到了同安，嘉庚先让人收购完花生，就按照邹圣庸告诉他的地址，来到了"素味书局"的书店里，找到了邹圣庸父子。按照以往惯例，嘉庚母子走路到同安卖完花生，因天已晚都会歇一晚再走路回家。这天晚上，邹作成邀约嘉庚不要住旅店，俩人合铺住书店。

刚进到书店，陈嘉庚俨然走进了一个全新的世界，五花八门的书让他眼界大开：原来，世上还有这么多的书！他这辈子做梦都想不到。交谈中，邹作成告诉嘉庚，印刷和纸张是中国四大发明中的两项，因为有了这两项发明，中国乃至世界才有了文化的广泛传播。他的家乡汀州不仅有印刷，也有造纸，他们家就是来自汀州的书商。他还给嘉庚讲了很多家乡汀州印刷书籍的事，让嘉庚惊叹不已。这么多年来，虽说嘉庚也读了不少书，但从未想过书是怎样形成的，如今偶然的机会认识了印书卖书的新朋友，简直是让他打开了新世界。

"太好了！原来你们那里就是制造书籍的地方！认识你，我就再也不愁没书读了！"嘉庚激动地握着邹作成的手，心情久久不能平静，"快告诉我印刷与造纸的知识吧！"

邹作成的话匣子也打开了，说起他熟悉的书坊，更是滔滔不绝："我们家乡的纸是用新长出的嫩毛竹做的，分好几种，好的有连史纸、玉扣纸，一般的有毛边纸，最差的有草纸。连史纸和玉扣纸用于印刷较好的书籍，毛边纸用于印刷一般的书籍，草纸是给丧事、祭祖用的。纸的质量不同，做法也就不同，越精细的纸做法越讲究工艺。一般的做法是把当年新长出的嫩竹砍倒，放到水池里撒上石灰浸沤上半年。我们家乡有大半人家都从事书籍印刷，我家在这里卖的书籍都是自己家印刷的呢。印刷也不简单，要先把树木做成木板，按照大小需要锯成版块，把要印刷的字或图案拓印到版上，再用刻刀把空白的地方剔掉，留下印的墨线，这样就雕成了有字和图的版，叫印版，把裁好大小的纸覆盖上去，就可以把字和图印到纸上，然后把印好的纸装订成册，就成了书籍。要印多少数量就印多少次。刻的字越精美，印的书也越精美……"

嘉庚听得目瞪口呆，啧啧称奇："太神奇了！我读的书籍莫非也是你们那里印的？"

邹作成笑着说："那有可能！我们汀州的书，可以说是垄断江南，行销全国，远播海外。"

嘉庚若有所思，点点头说："也就是说，无论在哪里，都能买到你们印刷的书籍，对吧？"

"对！"邹作成肯定地说，"我们汀州是闽江、九龙江、汀江的源头，送货便利得很。"

"南洋……南洋呢？南洋也能买到……你们的书？"嘉庚更兴奋了，说话都有点结巴了。

"当然可以，从汀州到韩江，从汕头出海，很快就下南洋。我们的书跟德化的瓷器、武夷山的红茶，都是走这条线的。"邹作成好像去过南洋那样，答得有根有据。

嘉庚双目闪亮，喃喃地说："要是我下南洋，不，要是我在南洋办学校，也能买到你们的书？"

邹作成保证说："没问题，将来你来办学，我来印书。就这样定了，来拉个钩，不许后悔。"

不料，也许挑担子走了太远的路，嘉庚已经累得睡了过去，任凭邹作成怎么摇晃都摇不醒，他只好自言自语道："合伙的事还没谈成呢，怎么说睡着就睡着了？"说着，他也困顿地打了几个哈欠，没多久，就进入了梦乡！

第二十二章　书海无涯勤泛舟

第二天,待嘉庚醒来,"素味书局"早已开张了,邹圣庸和两个伙计正在整理书铺,邹作成给顾客介绍各种书籍。邹圣庸见嘉庚起床了,便叫邹作成带嘉庚去厨房洗漱吃饭。嘉庚吃完饭,兴致勃勃返回书店里。这可是嘉庚第一次见到大书店,也是第一次见到这么多书,他小心翼翼地选了一本心仪的书,整个思绪便沉了进去。

这时,一位穿长衫的顾客进来,问有没有新进的书。邹作成取出一套刚从家乡运来的新书《鹿洲全集》[31],告诉顾客说:"这是我店最新印刷的《鹿洲全集》,是漳浦籍大理学家蓝鼎元的著

---

[31]《鹿洲全集》为蓝鼎元所著。蓝鼎元是清前期较有名的循吏、学者,出生于今福建漳浦赤岭乡,自幼好学,泛览诸家,努力著述,深造自得,文章光华,尤以经世济民的"经济义章"见长,更因其在治理台湾的卓见,被冠以"筹台宗匠"之誉,《鹿洲全集》是其治世思想的集中反映。其为官期间,十分重视对所在区域的风俗考察,并能将之很好地运用到现实的区域管理之中。

作。"顾客翻了翻，表示很满意，说道："汀州印的书就是不一样，如此精美，只可惜我今天钱带得不够，我先看看其他书，改日再来购置这套。"说完，就继续寻书去了。

嘉庚一听这书是漳浦籍作者写的，大为惊喜，立刻走过来，翻了翻《鹿洲全集》，精装印刷，的确让人爱不释手，一看价格，一套四两银子！嘉庚惊得张大了嘴巴，他没想到书这么贵，这不是有钱人才买得起的吗？他想，书既然这么贵，那卖书也应该很赚钱吧？自己家乡人种地的，辛辛苦苦一年忙到尾，挣口吃的都难，看邹作成父子衣着也是光鲜亮丽，家里肯定赚了很多钱。于是，就怯怯问道："你们做生意的，比种地赚的钱多吧？"

邹作成听了，哈哈笑了起来："那简直是没法比的。种地是赚硬钱，做生意是赚活钱。古语说，无商不富。赚大钱当然就要做生意呀！"虽然，邹作成与嘉庚年纪相仿，但多年跟随父亲沉浮书海，让他视野开阔，学识渊博，说话更是成熟稳重。

嘉庚心想，难怪家乡人一年到尾忙忙碌碌总是富不起来，他若有所思，就又问："那做生意一定就能赚钱吗？"

邹作成说："那也不一定，每一行都有技巧的。也有人做生意亏本的，主要看经营能力。说白了，做生意靠的是智商。"

嘉庚陷入了沉思，也许，正是对这些简单生活阅历的思考，为他日后经营自己的事业积累了丰富宝贵的经验。许久，他轻声叹道:"我曾经以为读书考取功名是唯一出路,其实——"

没等嘉庚讲完,在旁边听着两位年轻人对话的邹圣庸,忍不住插了话:"考功名?那可是非常非常难的事!我家乡有很多读书人到老了还是考不中,最终大部分还是弃文从商啊。我一个族叔公,名叫邹圣脉[32],从小就很聪明,八岁就能写诗,文章写得非常好,一直都想考功名,可是考到四十多岁连个秀才都没考到。你想想有多难!我书店就有很多他写的书呢。"

嘉庚张大嘴巴,一脸惊讶。邹作成见状,连忙拉他到一处书架前,指着书架上的一排书说道:"我阿爸说得对,你看,这些书都是邹圣脉写的。"

嘉庚一看,有《幼学故事琼林》《寄傲山房诗集》《诗经备旨》《书经备旨》等十几个品种,大为惊讶:这么厉害的读书人,怎么就考不到功名呢?也是在这一瞬间,他越来越理解父亲的苦心,他深深明白,有朝一日,要走出这山、这海,走到更远、更广的地方。

待嘉庚准备回集美,邹圣庸送他到书店门口,还送了一套《鹿洲全集》。嘉庚感觉过于贵重,推却再三,无奈邹作成诚意要送,嘉庚心里万分感激,也只好收下。告别时,双方如多年的

---

[32] 邹圣脉(1691—1762),字宜彦,别号梧冈,康熙三十年(1691)生于连城(原长汀)汀州霁阁。清初著名启蒙读物《幼学琼林》作者之一。他工文学,善书法,为清代声名颇著的学者之一。邹圣脉还著有《五经囊括纂要》一书,为初学五经的一本蒙学经典读物。

老朋友，难舍难分。

回到家后，嘉庚把这次去同安遇见邹作成父子的情况告诉了母亲孙秀妹，还给母亲展示了邹作成送他的《鹿洲全集》，并把这次的所见所闻和自己的感想告诉了母亲。孙秀妹说："阿庚也长大了，这些日子，我也想明白了，男儿就应该志在四方，不出去闯一闯，怎知世界之大？待你阿爸回来，就让你阿爸带你去闯吧！不管你身居何处，有无成就，唯有读书才能磨炼心性，才能明辨是非，你记住了吗？"

嘉庚点点头："阿母，我记下了。不管我走到哪里，请阿母放心，我都不放下读书。"

从此，读书伴随了嘉庚的一生。

第二十三章　捕蟹神器真实用

《鹿洲全集》的确让人着迷，自从有了这一套书，嘉庚总感觉时间过得太快，不管是学习间隙，还是放牛途中，还是农闲时候，嘉庚一有时间，就捧起书来，陶醉在浩瀚的知识海洋中。

有时候，仙草妹妹会跑过来，让嘉庚陪着她玩，他就跟仙草津津有味地讲书里的内容，仙草太小听不懂，只好无趣地走开了。嘉宝和嘉文也来找过嘉庚，见到嘉庚聚精会神地读书，也不好意思打扰，便自顾自玩去了。

这一天，正值周末，嘉庚和嘉宝、嘉文吃完早餐，就一起牵牛到了海边的芦苇荡，牵牛绳刚拴好，嘉宝和嘉文就冲到了海边。嘉庚没有下海，他找了一处阴凉的草地看起书来。

此时，海边嶙峋的礁岩上，一群群鸥鸟和白鹭一会儿盘桓空中，一会儿轮番俯冲，啄食搁浅在低洼小礁丛间的小鱼小虾。它们的长嘴总能准确有力地叼起猎物，轻盈的身体腾空而起，在海面上盘旋。早已饱餐的鸥鸟和白鹭，则错落地站在礁岩上，有的凝视远方，有的闭目养神，有的相互追逐，发出脆亮的欢叫声。

在滩涂上，还有两位欢快的少年，他们追逐着、呼喊着，时而又安静下来，难道他们又发现了什么秘密？是的，几行螃蟹走过的痕迹，正清晰地展现在泥浆上，以他们多年抓螃蟹的经验，这时候不能大声，动静也不能太大，得蹑手蹑脚，再来个突然袭击……

"哎哟！"忽然，嘉文的一声痛苦喊叫划破天际。

嘉庚连忙放下手中的书，向嘉文奔去，问道："怎么了？怎么了？"

"嘉文……嘉文被螃蟹大螯给夹住了！"嘉宝有些惊慌失措。

此时，疼痛难忍的嘉文提起了被夹住的手使劲地甩，只见一只大大的螃蟹用一只大螯死死夹住嘉文右手手掌里的一块肉，任凭他怎么甩都甩不掉。

"你别甩了，越甩螃蟹夹得更紧！"嘉庚不免觉得好笑，继续逗趣道，"嘉文你完了，我阿母说，被螃蟹夹到了，要等到打雷，螃蟹才会松开大螯……"

没等嘉庚说完，嘉文咧开嘴哭了起来！

"哭什么哭啊，跟你开玩笑呢！"嘉庚连忙把嘉文拉到海里，待海水没过膝盖，他一只手把嘉文被夹住的手按入水中，另一只手用食指和中指抓住螃蟹的背部。不一会儿，螃蟹逐渐松开了大螯。于是，嘉庚顺手提出水面，螃蟹就在他的手中张牙舞爪。"捉螃蟹真的要小心！我也是被夹出经验来了。"

嘉文擦了擦眼泪，不哭了，但手被夹住的部位开始流血了。嘉庚从小就跟随母亲下海，生活经验丰富，他抓起一把泥，糊在嘉文的伤口上，说："先别动，等下就不流血了。"

看着嘉文一副可怜样，嘉宝突发奇想："如果有东西可以代替人的手，那就不会再被螃蟹的大螯夹伤了。"

"对哦！"嘉宝的话触动了嘉庚的神经，他想，"如果能做一种工具来代替手捉螃蟹，这样，人就可以免受夹伤之苦了……嗯嗯……待我回去想想，一定能想出办法弄出来！"

于是，傍晚牵牛回家后，嘉庚就找来一根铁丝，把一头磨细，折弯，这样就可以把这根铁丝伸入泥浆中，碰到螃蟹时，就可以用铁丝的弯角钩出螃蟹，手就不用直接触碰，也就不会再被螃蟹的大螯夹住了。

为了试试这个新发明，第二天，嘉庚便约上嘉宝和嘉文退潮后一起去捉螃蟹。嘉文真是"一朝被蛇咬，十年怕井绳"，说到捉螃蟹，他还余痛未消，一口就回绝了。直到嘉庚拿出自制的弯头铁丝，嘉文和嘉宝一下子好奇起来："这个也行？"

"不试试，你们怎么知道不行呢？"嘉庚满脸的自信，给他俩各发一根铁丝，"走吧！再不走都要涨潮了！"

三人径直奔向海边。这一次，嘉庚自制的这个带弯头的铁丝果然很有效，寻找螃蟹无须再弯腰去淤泥中摸寻，只要把铁丝伸入淤泥中搅探就行，而且捕抓螃蟹也不会再被夹伤，又快又安全。没多久，三人捕抓的螃蟹就已经装了一大篓。三人如同战场上胜利归来的战士，回家的路上一路昂首高歌，不亦乐乎！

嘉庚这个自制弯头铁丝安全高效捕蟹的工具，一下子就在村里传开了，大家把这个工具叫"蟹抠"，又给它取了一个好听的名字，叫"捕蟹神器"。从此，在集美的滩涂上，随处可见讨小海人的形象——头戴斗笠，肩背鱼篓，手提蟹抠。那蟹抠长短粗细随人所好，材质也不只是铁丝，也有用木棍、竹片做的，但一样都是安全方便的"捕蟹神器"。

第二十四章　集美花生汀州卖

八月的集美，正是骄阳似火的时节，读书、喂牛、捕蟹、收花生，这就是嘉庚的生活。自从母亲孙秀妹又有了身孕，懂事的嘉庚便把家里的脏活累活全揽在了身上。他起早贪黑，忙里忙外，虽然每天很辛苦，但日子过得很踏实。

孙秀妹勤俭持家，虽然丈夫返南洋前留了些财物，可不精打细算，日子也是难以维持的呀！更何况，她也不清楚丈夫何时才能再返乡，何时再寄侨批回来贴补家用。所以，她只能将自家种的作物变着花样做给孩子们吃，也常到海里弄一些海鲜来给孩子补充营养。孙秀妹给孩子们做点好吃的，嘉庚总是让妹妹和母亲先吃，有吃剩的他才吃。他从小吃苦耐劳，胃口也很好，从不挑食。

自从去同安卖花生认识了邹圣庸、邹作成父子，嘉庚不仅感慨于书海浩瀚，还有邹氏父子从汀州到同安卖书，再结合自己把

花生挑到同安卖的经历，引发了一番思考：邹氏父子能把书从汀州卖到同安来，为啥自己就不能把花生卖到汀州去，非得花费大量的时间和精力，把花生挑到同安去卖呢？

嘉庚找到了母亲孙秀妹，说了自己的想法："阿母，我上次跟你提到的汀州书商邹氏父子，他们从深山里把汀州印刷的书，用马驮到同安来卖。按理说，我们的花生是不是也可以顺着他们的马驮到汀州去卖呢？这样对于我们双方来讲，不是可以省一半力吗？如果花生在汀州有市场，那我负责在这里收购花生，邹氏父子负责驮到汀州去卖，这样，我们双方又可以赚取一些差价，也不用多耗费时间和体力。"

孙秀妹仔细听了嘉庚的话，细思量，觉得有道理，但说到收购花生，她犯了难："阿庚，你的想法挺不错的。只是，卖卖咱们家的花生可以，如果去收购其他家的花生，咱们哪来的钱啊？"

"阿母，我的初衷是解决乡亲们卖花生难的问题，倒没想过钱的事。我明天还得挑花生去同安，可以跟邹作成探讨探讨，说不定他有更好的想法。"

孙秀妹点点头，看着眼前的嘉庚，心里感到特别欣慰。

第二天，嘉庚早早就出发了，等他把花生挑到同安卖掉后，便跑到素味书局去找邹作成。见到嘉庚来了，邹圣庸亲切地招呼嘉庚进屋，邹作成也热情地给嘉庚泡了一杯热茶，然后三人坐下来闲聊。嘉庚没有忘记自己来的本意，把昨日跟母亲提的收购花生的事也跟邹氏父子商量一下："邹叔叔、作成，我想，你们把书从汀州搬运到同安来卖，同样地，也可以把花生带到汀州去卖啊！更何况，你们每次用马把书驮过来，还不如回去的时候顺带驮点东西到汀州去。"

邹圣庸一听，高兴地说："这想法不错啊！我们家乡家家户户搞印刷，还真没人种花生，汀州各县种花生的都少。如果能把花生带到汀州去卖，肯定有市场啊！只是……"

"邹叔叔有什么顾虑？"嘉庚见邹圣庸迟疑，忙问道。

"我在想，同安都有这么多人收购花生，我们也收购花生，谁会卖给我们啊！在这里，我们除了认识几个读书人……"

"邹叔叔，花生的事你可以放心。"嘉庚忙说道，"我的家乡集美，家家户户种花生，只是夏收时都得挑到同安来，劳力劳神。如果我能在集美那边收一些，那乡民们就不用再挑着花生走这么远的路了，而且，说不定还能卖出更多，卖出更好的价钱！"

"也对哦！"邹圣庸啧啧称赞，眼前这个聪明的年轻人，他是越来越喜欢了。

"集美离同安也不算太远，我们可以在回去的时候顺道拐到集美去驮花生啊，我们有马！"一旁的邹作成忙补充道，他一开始并没有明白嘉庚说的什么意思，直到现在，他终于明白，嘉庚

这是根据地域的优势，实现互惠互利啊！他也被嘉庚的聪明才智深深折服了。

"不过，邹叔叔，收购花生需要先给乡亲一些预付金，但是，我相信，前期不用太多……不需要太多……"嘉庚说得吞吞吐吐，很没底气，他很担心眼前的邹圣庸会因为预付金的事而反悔。

"预付金本来就应该给，不然乡亲们怎么信任我们。我先给你一笔钱，你今天就带回去，立刻开始行动吧！"邹圣庸毫不犹豫地说道。

"啊——"嘉庚又是惊讶，又是兴奋，他本来还以为这个事情需要花很多时间来跟邹圣庸解释，必要时还得请求邹作成多说好话，没想到邹圣庸这么睿智，这么善解人意，居然完全赞成他的想法。幸福的眼泪一下子湿润了他的眼角，他连忙用衣袖擦拭，开心地向邹圣庸行了礼。

邹圣庸返身进了里屋，取了钱，并用布包好，再交给嘉庚。嘉庚小心翼翼接过，藏进衣服里兜，然后挑起装花生的竹筐，在邹氏父子的目送下回去了。

一番大事业就这么干起来了！

回到集美，嘉庚即刻把向邹圣庸借来的钱交给母亲孙秀妹。孙秀妹为人善良谦逊、平易近人，生活朴素大方、勤俭持家，在村里很受尊敬。在母亲的带动下，村里人把收好的花生都挑到嘉庚家门口，很多人家甚至连订金都不要了，个个喜笑颜开说："嘉庚这是给乡亲找出路啊，以后大伙儿更不用辛苦挑花生去同安卖了！"

"是啊！是啊！我们都相信嘉庚会把销路走通的，以后大伙儿更不用发愁花生卖不掉了，这是多好的事啊！"

果真，这一年，嘉庚与邹氏父子的这一次合作，很快让集美的花生在汀州打开了销路。这不仅解决了家乡花生销售难的问题，也是嘉庚有生以来第一次通过贸易赚得的第一桶金，为他日后成为商业巨子开启了第一步！

第二十五章　不舍兄弟下南洋

转眼到了1889年1月13日这天,嘉庚出去干农活儿了,母亲孙秀妹在家里缝补衣服,仙草一会儿自顾自玩五石游戏,一会儿跑到母亲腿边,摸着母亲高高隆起的肚子,好奇地问道:"阿母,你说生个小弟弟陪我玩,这么久他怎么还不出来呀?"

孙秀妹估摸要生了,故意开玩笑对仙草说:"那你叫他出来呀。"

于是,仙草就大声地对着母亲的肚子喊:"小弟弟,快出来玩啊!姐姐有好多好玩的东西,可以分给你哦!"

没想到仙草一喊,孙秀妹的肚子就开始痛了。孙秀妹感觉可能真要生产了,就对仙草说:"你快去叫你哥哥回来。"

仙草一看母亲痛苦地捂着肚子,不知所措,慌张地奔出家门,去地里喊哥哥,一边奔跑一边号哭。见妹妹如此异常,嘉庚知道家里肯定发生了什么事,撒腿就往家跑,到了家,发现母亲已经痛苦地躺在床上，珠子大的汗水一颗颗挂在脸上。见到嘉庚，母亲连忙说道："阿庚，快，快去叫三婶和四婆过来！"

说话间，三婶、四婆和其他邻居妇女都来了。她们见到号哭奔跑的仙草，早已猜出几分，便纷纷赶到孙秀妹家里行动起来。焦虑的嘉庚站在屋外来回踱步，直到屋里传出响亮的"嗯啊嗯啊"的婴儿哭声，嘉庚才舒心地笑了。见到哥哥笑了，仙草也擦擦眼泪，开心地笑了起来。

待三婶把孩子抱出来，仙草终于相信母亲说给生个弟弟的话了，这是一个小男孩！后来，孙秀妹给取名陈敬贤㉝，希望孩子将来敬德举贤，成为好男儿！长大后的陈敬贤不负厚望，成了哥哥陈嘉庚的得力助手。思想上，他跟随嘉庚参加孙中山先生组织的同盟会，在南洋大力宣传孙中山先生"反帝制、创共和"的革命主张；事业上，与嘉庚一起开拓南洋实业，兴办教育，为国家的教育做出了重大贡献！这是后话。

这一年，十六岁的嘉庚因与邹氏父子的生意合作，有了些积蓄。在弟弟陈敬贤满月的当天，根据闽南人的习俗，他请来村里

㉝ 陈敬贤(1889—1936)，是著名爱国侨领陈嘉庚先生的胞弟。陈嘉庚办学是和经营实业同时并进的，实业在新加坡，办学主要在家乡集美，这是兄弟两人的共同事业。因此，兄弟二人经常要分居两地交替工作。1918年，陈敬贤亲自督办的集美师范、集美中学开学。他筹划、督建了新教学楼群和配套设施，初步形成了集美学校宏大的规模。开学时，陈敬贤公布了和其兄陈嘉庚亲定的"诚毅"二字为集美学校校训，并亲定《福建私立集美学校校歌》。1937年1月，集美学校把礼堂改名为"敬贤堂"，该校尊称陈敬贤为"二校主"。

少年 陈嘉庚

128

|| 陈敬贤

★ 陈敬贤（1889—1936），陈嘉庚的胞弟，陈嘉庚创办实业、倾资兴学最得力的助手和支持者。他襄佐陈嘉庚开拓南洋实业，兴办家乡教育，忘我敬业，积劳成疾，不幸英年早逝，为世人所深深怀念。

厨艺精湛的老婶婆做了一大锅油饭㉞，准备好了几百个红鸡蛋，带到母亲的娘家去报喜。晚上，他还邀请乡亲父老到自己家里来喝弟弟的满月酒。

见嘉庚忙里忙外的，母亲孙秀妹甚是心疼，叫嘉庚别累着，有些事可以等她能下床了再做。嘉庚说："阿爸不在家，这些事不都是我这个兄长应该做的吗？而且，我现在也有积蓄了，应该为阿母分担了。"

孙秀妹满是欣慰，待嘉庚离开，她才擦掉眼角幸福的眼泪。

这一晚，乡亲们个个笑逐颜开，他们看着嘉庚从小长大，觉得这孩子一定会有出息的。席间，都是殷切的期望、满心的祝福。席尽，大家逐渐离去，而嘉文、嘉宝、嘉庚三人总有说不完的话。聊着聊着，嘉文忽然哭了。

嘉文这一哭，把嘉宝、嘉庚二人哭蒙了，二人面面相觑，不知道是怎么了。一会儿，嘉文从口袋里拿出一封信递给二人。二人一看，原来是嘉文在南洋的叔叔来信，让嘉文到南洋去做工。这些年，晚清政府腐败无能，人民生活日益艰辛，即使嘉文再努力用功读书，科考也很难有出路，前程依旧茫茫，嘉文父母更希望他早日出去历练历练。

㉞ 满月油饭是非常考验翻炒技术的。做油饭前，糯米得先浸泡两个小时，然后滤干水分，倒入热油锅中翻炒，再放入香菇、三层肉、虾仁、海蛎干等配料，倒入适量酱油与清水后，继续不停地翻炒。直至软硬适中，香气四溢，正宗的满月油饭才算大功告成。

"可是，我舍不得离开家乡，舍不得离开你们！"嘉文眼泪止都止不住了。

二人忙安慰嘉文。

嘉庚说："如今时局多变，读书也很难有出路。我觉得还不如早点去南洋谋生的好，你应该庆幸有一个在南洋的叔叔。"

嘉宝说："是啊，你有叔叔在南洋，嘉庚有爸爸在新加坡，只有我没有海外的亲戚，我想出去都没机会啊！"说着，不免也悲伤起来。"以后，你们都出去了，只剩我一人留守家乡了！"

"不会的，等我到那边发展好了，一定会来接你过去的。"见嘉宝也落了泪，嘉文擦拭擦拭眼角，反过来安慰嘉宝。

嘉庚望着二人，叹了叹气，说："嘉文，你既然决定了，就早些日子起身，这下南洋一路很是颠簸。我知道你舍不得我们三人的情谊，可是，天下没有不散的筵席，我们即使现在不分开，将来也还是要分开的。只要心中有这份情，我们总会后会有期的。"

"是的，不管身在何处，情谊永不变！"

"对，情谊永不变！"

三个少年的手，紧紧握在一起。他们不知道未来的路是光明，还是黑暗，是平坦，抑或坎坷，但纯洁的情谊让三颗火热的心连在一起。

一个月后，嘉文踏上下南洋的征途。嘉庚、嘉宝二人送到轮渡，三人依依惜别，万分不舍。当邮轮的汽笛响起，嘉庚跑到岸边，掏出一张纸，从地上抓了一把泥土，包在纸里，然后返身跑到嘉文面前，把包着泥土的纸塞到嘉文的口袋，说："到了那边，如果水土不服，你就舀一点家乡的土调水喝，身体很快就能适应过来。"

嘉文抱住嘉庚和嘉宝，一瞬间哭得稀里哗啦。"家乡的味道，也是兄弟的味道，我一辈子忘不了！"

"去吧，船要开了！苟富贵，莫相忘！"嘉庚松开手，忍着泪，示意嘉文，船要开了。

"苟富贵，莫相忘！"嘉宝哭着说道。

嘉文郑重地应道："莫忘家乡，莫忘亲人，莫忘兄弟。"

嘉庚补充道："莫忘祖国！"

嘉文点点头，转身，头也不回，不一会儿，便消失在登船的人流中！

第二十六章　先生临终托嘱咐

时光荏苒,一晃到了1890年。这是初夏的一天上午,孙秀妹坐在家门口剥豆子,突然看到刚去上学的嘉庚忧心忡忡地回家了。她心里嘀咕嘉庚肯定犯了事,没想到一问,才知道是私塾的先生病倒回家了,学堂无限期停课了。

"先生得的是什么病呀?"孙秀妹有一种不祥的预感。

"也不知道,先生正上着课忽然就倒地不起了,大家都慌了神,后来族长叫人带他回家。"嘉庚忧伤地回道,似乎还没从慌乱中回过神来。

"佛祖保佑!佛祖保佑!"孙秀妹口中念叨着,忙放下手中活儿,跟嘉庚进了屋,"先生会好起来的,他需要休息一段时间。阿庚,你也别多想,在家干活儿的时候,不落下功课就行。"她似是安慰,又有些担心。

虽是初夏,南方的天气却已经开始炎热了,乡村的田头地脚，到处都开着各种各样的野花，房前屋后的阴凉处，狗趴在地上喘着气，鸡在阴凉的地方扒着土找虫蚁吃，树上的蝉声嘶鸣着，仿佛在抱怨这炎热的天气。

自从学堂停了课，嘉庚只能每日一边劳作一边自学。这炎热的天气真是惹人烦，每次嘉庚出门都是一身汗的回家。这天，他正在地里干活儿，汗水一滴滴掉落到田土里，正待他抬头准备擦汗的时候，只见母亲慌慌张张地朝他跑了过来。

"阿母，这么热的天，有什么急事吗？"看着汗水涔涔的母亲，嘉庚有些心疼，忙去田边给母亲倒了一杯水。

孙秀妹站在田头，上气不接下气，许久，才缓过劲儿："阿庚，赶紧……赶紧回家，族长来家说，先生……先生病重了，要见你……正在家等你一起……"孙秀妹还没说完，只见嘉庚已经飞也似的奔回家了。

这也难怪嘉庚这么紧张，陈令闻老先生是教过嘉庚最长时间的老师，也是最有学问的先生。他德才兼备，对学生的教育讲究以身作则，讲课声情并茂，如临其境，生动有趣，因此学生们听他的课总能全神贯注。而且，陈令闻老先生性格直爽，每每讲到世间不平事，他就会滔滔不绝、慷慨激昂、愤世嫉俗，其为人、品德和才学很受学生和乡民的敬重。更重要的是，陈令闻老先生最爱嘉庚，和嘉庚的感情也最深，这些年来，正是陈令闻老先生教给了嘉庚深厚的国学知识，还教给了嘉庚许多为人处世的道理。

所以，当母亲一说陈令闻老先生病重，嘉庚的头就嗡嗡响，一种不祥的预感袭来，悲痛立刻涌上心头，他跑着跑着，泪水就忍不住夺眶而出。跑到家，他就随族长匆忙赶到了陈令闻老先生的家。

刚进老先生家门，就看到病重瘦弱的陈令闻躺在大厅的角落，全身瘦得皮包骨，眼角深陷，颧骨凸出，呼吸微弱。见到先生这模样，又想起前些日子先生在台上谈吐自如、口若悬河、精神矍铄的样子，嘉庚忍不住哇地哭出声，眼泪扑簌簌滴落下来，哽咽着喊道："陈先生！"

陈令闻见有声响，微微睁开双眼，见是嘉庚，连忙挣扎着要坐起，无奈因乏力而动弹不得，只能颤抖着手，轻轻挪动。嘉庚赶紧上前，用双手握住先生的手，一瞬间，喉咙又哽咽了。

"陈先生！"他强忍着悲痛，再次轻轻地唤着。

陈令闻摇晃着手，嘴角跟着颤抖，只是许久没有发出任何声音。嘉庚明白，先生这是有话要对他说，便弯下身，把耳朵凑到先生的嘴边，这才模模糊糊听到两个字："教育！"

"教育？"嘉庚不太明白，反问了一句。只见先生的双眼紧闭，手也从嘉庚的手中滑落下去。先生这是怎么啦？

顿时，屋里的哭成一片。

"陈老先生驾鹤西去了！"

嘉庚明白了，这位令他敬重的陈令闻老先生，已经告别他平凡的一生。他"扑通"一声跪在陈令闻的床前，向先生叩了三个响头。然后，在族长的引导下，哽咽着离开了先生的家。

在回家的途中，嘉庚的眼泪如泉水般喷涌，怎么止也止不住。先生临终前的那两个字，他一直都在思索，也许先生是告诫他：家乡的前途在教育，国家的前途在教育，有朝一日，他功有所成，莫忘反哺家乡，莫忘报效祖国，莫忘支持教育这项千秋伟业！

第二十七章　戚戚难舍母子情

时间到了1891年，按照闽南人的虚岁算法，陈嘉庚已经是十八岁的小伙子了。

初春已至，万物生长。一天正午，孙秀妹正在家中烧火做饭，见嘉庚汗流浃背回到家，连忙放下手中活儿，走进里屋，拿出一张纸，高兴地对嘉庚说："阿庚，你回来了，你看，你阿爸寄批回来了！"

"批上说什么啊？"对于这个一走几年的父亲，嘉庚心里很有怨言。几年不归家也就算了，总得经常给家里寄批问候问候，可这一年到头，有时收不到父亲的一张批。所以，嘉庚也如往常一样，只是冷冷地问了一句。

"你阿爸隔了这么久才寄批回来，肯定是有什么好事呢！我等你回来，再一起拆！"说话间，孙秀妹脸上洋溢着幸福的笑容。

"嗯，我看看。"嘉庚接过母亲手上的批拆开，一字一字念了起来。起先，孙秀妹满脸笑容地听着，之后，她脸上愁容渐露，继而眼角泪流。嘉庚抬头望着母亲，看着母亲忧伤的样子，他不知道自己应不应该继续读下去，拿着批的手就这样悬在半空中。

"你阿爸……你阿爸让你出洋……"孙秀妹话没说完，就哽咽了。

"阿爸的意思，是让我去给他佐理商务……"嘉庚轻轻回道。

"我知道总有这么一天！"孙秀妹说完，泪水更是止不住，她不好意思让嘉庚看她这样，转身就进了里屋。

一股焦味弥漫出来。"糟了，糟了，米饭煳了！"嘉庚连忙跑到灶台前，抽出灶膛里的木柴，然后用湿抹布垫着手，把煮饭的锅整个儿端了出来，放在地上。顿时，浓烟淹没了整个厨房。

许久，烟雾才逐渐散去。中午，母亲孙秀妹没有出来吃饭，嘉庚照料弟弟妹妹把饭吃了；晚上，嘉庚烧好饭菜，母亲依然没有出来吃饭，嘉庚只好继续照料弟弟妹妹吃完饭，再把弟弟妹妹哄睡着；处理完这些事以后，他只有疲倦，而忘了忧伤。夜未深，他就困顿得睁不开眼，躺在床上不一会儿，便进入了梦乡。

第二天，当嘉庚醒来走出屋子，发现母亲孙秀妹已经做了丰盛的早餐。见嘉庚起来了，忙招呼说："阿庚啊，太阳都晒屁股

了，叫弟弟妹妹起床吃饭！"

嘉庚应了一声，转身的一瞬，瞥见母亲红肿的眼眶，以及泪迹未干的眼角，他明白母亲一定度过了一个难眠的夜晚，心里很不是滋味。嘉庚返身叫起弟弟妹妹，待到全家坐在一起就餐，他发现母亲早已精心梳洗了一番，看起来精神也好了。

"阿母今天可是多做了几道菜，大家多吃点啊！"孙秀妹俨然什么事都没有发生过，满脸微笑地招呼孩子们。

"阿母——"嘉庚轻轻地唤了一声。

"唉，说到你阿爸，从我跟他结婚到现在，你看你都十七岁了，他拢共回来三次，哦，加上结婚那一次，四次。四次生了三个娃，都是我独自一个人，一把屎一把尿……"孙秀妹话还没说完，眼圈就红了，她强忍眼眶里的泪水，停顿了许久才继续说道，"算了，不提这些不开心的事，仙草、敬贤，你们吃完赶紧去玩，阿母跟哥哥商量点事。"

仙草、敬贤听母亲说可以去玩，心早飞出去了，他们扶起碗匆匆吃完早餐，便下桌玩耍去了。

饭桌上气氛顿时安静了下来，许久许久……

"阿庚——"孙秀妹首先打破宁静，"说老实话，你是不是也想去南洋？"

"阿母，我……我舍不得你……"嘉庚欲言又止，眼泪滑了下来！

"俗话说，儿女长大母难留！上次嘉文去了南洋，你忧伤了好多日子。阿母明白你的心思，你也盼阿爸赶紧带你去南洋佐理事务，以施展手脚。我儿子志向高远，怎么可以一辈子窝在这个穷地方！得出去闯才是正道！只是，阿母希望你，不管未来走到哪儿，不管是贵是贫，都不要忘记你是从集美这个地方走出去的！"孙秀妹一口气说了一大堆，言语不是忧伤，而是镇定，是严肃，是庄重。

嘉庚含着泪，坚定地点了点头。

饭桌上顿时又恢复了宁静……

接下来的日子，嘉庚干活儿更加拼命了，他知道，他这一走，生活的重担就得全部落在母亲身上。看着年龄尚小的弟弟妹妹，嘉庚心里很痛苦，但他又不甘心，这种复杂的心绪只有通过劳动去宣泄，去表达对母亲的戚戚之情。每天，他揽着重活儿累活儿，每当他筋疲力尽地回到家，总看见母亲坐在房间的床前，戴着老花镜，手里不停地缝缝补补。嘉庚知道，那是母亲在为他做衣裳！

多么感人的亲情！多么感人的场景！

嘉庚的眼眶湿润了，他忘记了疲倦，忘记了忧伤，那是一股强大的力量，那是一股幸福的力量，让嘉庚全身火热、燃烧。他激情满怀，忘情地读起了孟郊的《游子吟》.

陈嘉庚

慈母手中线，
游子身上衣。
临行密密缝，
意恐迟迟归。
谁言寸草心，
报得三春晖。

第二十八章　望别故土泪千行

一晃，一个多月过去了。

这一天，嘉庚就要远渡南洋了。

凌晨，村东的山上渐渐露出了鱼肚白，浮现出山的轮廓与天空的亮色。山的轮廓上，渐渐透出清晰的蓝天和红白相间的云彩。村西的那片林子也渐渐褪去夜色，现出林子树冠的层次来。而鸟的鸣唱也开始从那里传来，有婉转的，有悠扬的，有单调却清脆的，仔细倾听，可以听出它们对新一天到来的欢快和期盼。

随着光亮的逐渐增多，田野上的禾苗也徐徐呈现出翠绿，可以看到飘浮在禾苗上的淡淡的水雾。天边的朝霞已经染红了天，几丝白云一动不动挂在天际。远处，无边无垠的大海一片蔚蓝，几只海鸥时而在空中飞翔，时而掠过海面，发出尖利的叫声。海面上，一层又一层浪花向岸边翻卷过来，轻拍岸崖，发出低吟，有如离别前的哽咽声。

下南洋

嘉庚在前面走，嘉宝在后面跟着。晨风拂过海面，拂过海岸边的芦苇荡，拂过田垄上的野草，拂过地里的禾苗，拂过嘉庚的脸庞，如母亲的手，轻轻的、柔柔的。"你回去吧！我自己走！"嘉庚立定，转身，对着嘉宝喊道。

嘉宝站住，不回话，等嘉庚往前走了，他继续默默跟着。

从村里的土路，走到海边的渡口，这条熟悉的路，这条曾经洒满童年回忆的路，嘉庚走了一个多小时才走完。路上，他无数次回头对着嘉宝喊，无数次地回头张望，就是想找那个熟悉的身影，可这个身影一直没有出现。怪只怪昨晚，他自己故作坚强，母亲说要送他，他强烈拒绝了，现在，他后悔了。"你再不回去，我就生气了！"站在渡口，嘉庚对着嘉宝大声喊，他把怒气都撒在嘉宝身上。

"嘉庚哥哥,嘉文走了,你也走了,我舍不得!"嘉宝大哭起来。

这一哭,嘉庚的气一下子消了,十几年朝夕相伴的情谊,这一朝离别也不知何时再相会,想到这儿,看着眼前跟了一路的嘉宝,嘉庚的热泪滚落下来。他折回身,紧紧地把嘉宝抱在怀里,一时间竟无语凝噎。

火轮船"美丰号"已经停在渡口了,准备下南洋的人一拨又一拨地拥上船。嘉庚松开双手,与嘉宝挥别,拉上行李,就融入了上船的人流中……不一会儿,就消失得无影无踪了。

当嘉庚踏进了"美丰号"的下等舱,一股呛鼻的气味让他反胃作呕,也让他深刻理解了此去一路的艰辛。他放好行李,挤到船舷,努力寻找岸上的嘉宝,却在搜寻中发现了嘉宝不远处那个熟悉的身影,在对着火轮船张望。

"阿母?是阿母!是阿母!"嘉庚喃喃地念叨,他看到母亲了,他终于看到母亲了。是啊,这一路,母亲从没走远,她怕嘉庚心里抵触,一路都是默默地跟随,这是多么伟大的母亲啊!

"阿母!阿母!"嘉庚挥动双臂,撕心裂肺地呼唤,只是这喊声早已淹没在人声鼎沸中,母亲怎么能听得到呢?

火轮船的汽笛响起了,船也逐渐离了岸。岸上嘈杂的声音慢慢远去,岸上的故土远去了,岸上熟悉的人也远去、模糊、消失

了。"阿母！阿母！"嘉庚轻声呜咽着，轻声呼喊着。十七年来，贫穷落后的集美农村生活，如西洋景般一幕幕在嘉庚的脑海中涌现；故乡的亲朋好友，也一个个在他的脑海中登场：教给他国学文化的塾师陈寅和陈令闻先生，形影不离的童年玩伴陈嘉文和陈嘉宝，陌路相遇却早成知交的邹圣庸和邹作成父子，给他儿时启蒙的讲古人海伯公，给他无数帮助和关爱的乡亲故友……

舍不得的，是勤劳善良、任劳任怨、传统纯朴的母亲；舍不得的，是活泼可爱的仙草妹妹和聪明老实的敬贤弟弟；舍不得的，是故乡的一草一木、一砖一瓦，还有故乡的山与水、故乡的人与情……

嘉庚不禁悲从中来，泪水盈满了他的眼眶，正在这时，耳边忽然传来了熟悉的《过番歌》：

番客有支歌，
番邦趁食无投活；
为着生活才出外，
离父母，离某子。
三年五年返一摆，
做牛做马受拖磨；
想着某子一大拖，
勤俭用，
不敢乱使花……

这火轮船上，有多少人常年往返南洋，有多少人为了生活远走他乡，又有多少人离开了，就再也没有回来！船舷上先是一个人哼唱，之后是两个、三个、四个……嘉庚也跟着哼唱起来，唱着唱着，歌声变成了呜咽声，一声声地消失散落在无边无际的大海中……

慢慢地，夜黑了，万物静了，只有火轮船乘风破浪的声响划破这宁静的天际。嘉庚没有入睡，他站在船舷旁，心中默念道：

  别了，苦难的故乡！
  别了，亲爱的朋友！
  别了，挚爱的亲人！
  别了，我深爱的祖国！

望着远去故土，嘉庚的泪珠，大滴大滴地落在衣袖上，落在船舷上，落入奔涌的大海中……

后记

在多部集美地方文献创作编辑的过程中,我发现有一个人是无论如何绕不过去的:讲华侨文化是他,讲闽南文化也是他,讲学村文化更是他,他就是陈嘉庚。从来没有一座城与一个人有如此紧密的联系,可以说,陈嘉庚是厦门的文化符号,也是厦门的精神领袖。"嘉庚精神"是有规范说法的:忠公、诚毅、勤俭、创新。任何时候,"嘉庚精神"都不会过时;任何地方,"嘉庚精神"都能适用。

2019年初,一次偶然的机缘跟陈忠坤聊起陈嘉庚。这位豪情壮志的年轻出版人准备做有关名人故事的少年系列,已经成功推出《少年陈景润》《少年李林》等,建议我写一本《少年陈嘉庚》。我很犹豫,原因是:陈嘉庚虽然有回忆录和各种版本的传记,但都不涉及他的少年生活。一般都只是说陈嘉庚出生在哪里,几岁出国,他的少年几乎都是一笔带过:"九岁读私塾,十四岁师从陈令闻;母亲孙氏深明大义,为了制止械斗、使双方息事,拿出私房钱抚恤死难者家属。"有关陈嘉庚少年时期的描述,加在一起不会超过两百字。

陈忠坤把我的犹豫当作承诺,这似乎成了一根鞭子,敦促我为写作收集和整理资料。我跑遍了厦门市和集美区的档案馆、图书馆等,还从东渡古玩城跳蚤市场和各种旧书摊上高价"淘"来一百多本旧书籍,例如1963年在香港出版、由陈嘉庚的儿子编著的《集美志》,甚至花一万元高价买来1897年出版的关于厦门的英文版书籍。虽然读不懂英文,但那些厦门的老照片我还是很熟悉的。

《少年陈嘉庚》是一本半传记性质的少年读物,必须真实可靠,不能误导孩子们。问题是,不同档案资料的文字表述有自相矛盾的地方,比如陈嘉庚到底捐建了几所学校,每本书记载的都不一样,需要找专家求证,确定哪本书的内容更符合事实,更具权威性。为此,我向李玉清、陈新杰等地方文史专家请教,还拜访了集美侨联主席陈群英、陈嘉庚纪念馆的陈群言等人,核对文字的表述。

文学的真实要求细节的真实,我认为只要在四个方面真实可靠,《少年陈嘉庚》的真实性就能立得起来。

一是大事件的真实。比如集美哪一年有台风,哪一年发生瘟疫,哪一年出现干旱,这些在历史书上是有记载的,必须严丝合缝,与作品内容契合。

二是人物关系的真实。陈嘉庚的父亲回来集美几次?每次回来处理什么事情,待多长时间?陈嘉庚的弟弟妹妹差几岁?分别是哪一年出生的?陈嘉庚其他家庭成员的名字和关系,都是创作的基本信息,不能出错。

三是集美民俗风情的真实。婚庆嫁娶、节日活动，集美作为闽南的一部分，既有和闽南其他地区相同的民俗风情，又有独特的民间信仰和习性差异。只有准确把握，才能生动活泼。

四是人物性格的真实。这一条最重要。俗话说，三岁看大，五岁看老。一个人之所以会成为这样的人，少年时代一定有他的成长轨迹。写《少年郑成功》，一定离不开练武；写《少年林默娘》，一定有出海捕鱼的情节；写《少年林则徐》，苦读是少不了的故事……角色错位就会闹笑话了。

陈嘉庚先生一生艰苦创业、一生倾资办学、一生忠贞爱国，这些灵魂面貌在陈嘉庚的少年时代是如何形成的呢？我坚定地认为：陈嘉庚小时候一定目睹了家乡、国家的落后，所以后来奋发图强；一定感受到文化贫乏的困苦，所以立志办教育。还有一条，作为商业奇才的陈嘉庚，小时候不可能没有与此相关的任何表现。这么倒推，少年时期的陈嘉庚一定是吃尽苦头、勤奋上进、会做买卖的。这样的少年陈嘉庚才是立体的、丰满的，也才会生动有趣。

这四个方面的真实就好比四根钉子，牢牢地钉在文本的四角，使《少年陈嘉庚》有了真实性的四块基石。本着"大事不虚，小事不拘"的原则，细节虚构是必不可少的。"虚构是为了更真实"，这是我的创作态度。

在创作的过程中，得到好友吴德祥、学生洪琦的鼎力相助。他们为我收集资料、罗列事件、提供情节，使作品得以丰满。稿子完成后，陈忠坤又亲自操刀，作为土生土长的闽南人，对文字做了重新梳理，几经修正，使得全书文字表达更具闽南韵味。本书大部分图片来自厦门市陈嘉庚纪念馆，感谢该馆的大力支持，《少年陈嘉庚》才能如此图文并茂。

定稿后，地方文史专家何丙仲、著名儿童文学作家晓玲叮当抽空为本书作序，加持增色。

可以说，《少年陈嘉庚》是集体劳动的成果，是大家为集美文化建设尽的一份力量。集美是厦门特区的一部分，有许多外来的新移民在这里求学、就业、定居，要让他们找到认同感、归属感和凝聚力，文化的传播非常重要。集美学村一百年前就是中国著名的学村，应该更好地建设，传承陈嘉庚的教育理念，将其发扬光大，让青少年潜移默化地接受传统文化——"嘉庚精神"及华侨文化、闽南文化、学村文化等精神文化的熏陶。

青少年接受地方历史文化会比较困难，这也要求此类书籍必须故事性强，又具有地方代表性，才能引起青少年的阅读兴趣。《少年陈嘉庚》正是融合了这两个要素，出版恰逢其时，希望读者们能身临其境、引发思考、促进成长。

再次谢谢大家！

2021 年 2 月